DE VEERBOOT

Helle Helle

De veerboot

Vertaald door Kor de Vries

2007
Uitgeverij Contact
Amsterdam/Antwerpen

Danish Arts Council

Deze uitgave kwam mede tot stand dankzij een vertaalsubsidie van The Danish Arts Council's Committee for Literature.

De vertaler ontving voor deze vertaling een werkbeurs van de Stichting Fonds voor de Letteren.

Eerste druk, mei 2007
Tweede druk, augustus 2007

Oorspronkelijke titel *Rødby-Puttgarden*
Omslagontwerp Suzan Beijer
Typografie Arjen Oosterbaan
Foto omslag Solomon/Hollandse Hoogte
Foto auteur Robin Skjoldborg
ISBN 978 90 254 1735 2
D/2007/0108/913
NUR 302

www.uitgeverijcontact.nl

De buurt

1

In een week tijd overleden vier mensen, zo ging dat hier. Een van hen was Martin. Hij woonde in het blok achter ons. We hadden het erover gehad hem uit te nodigen voor de koffie, maar dat was er nooit van gekomen.

Ik ging bij Tine inwonen, omdat ik op de veerboot zou beginnen. Dat had Tine voor me geregeld. Ze belde erheen en schepte op over mijn eindexamen, ik was in 1984 geslaagd. Ik zat in de schommelstoel en gaf Ditte de fles, ik kon die opschepperij niet uitstaan. Dus bleef ik schommelen, steeds sneller, en toen knapte er iets in het onderstel. Ik viel opzij op de grond, met de fles en Ditte nog in mijn armen. Tine zag het en schudde haar hoofd, terwijl ze gewoon verder bleef praten. Ze draaide zich om naar het raam. Het regende, de regen maakte lange, natte strepen op de woonblokken.

'Dat is dan afgesproken, doei,' zei Tine en ze hing op.

'Je had jezelf eens moeten horen,' zei ik.

'Hij wil morgen met je praten. Dan kun je in februari beginnen. Nee, ze hoeft niet meer.'

Tine pakte de fles over en maakte een geluidje tegen Ditte. Daarna maakte ze hetzelfde geluid tegen mij.

'En wat zeg je dan?' zei ze.

'En wat zeg je dan?' zei ik.

Tine had altijd veel voor me geregeld. Ze zei dat het de schuld van moeder was. Moeder had haar, vanaf het moment dat ik geboren was, gedwongen om voor mij te zorgen. Ze moest me verschonen en in bed stoppen en voor me zingen tot ze er keelpijn van kreeg. Als ze klaagde, zei moeder: 'Onzin, neem maar een boterham met jam.' Toen ik ouder werd, moest Tine me elke dag naar school brengen en huiswerk met me maken. Ze had mijn schoolrapport altijd als bewijsmateriaal gebruikt: 'Kijk zelf maar, ik heb ook zelf het commentaar erbij geschreven,' zei ze een keer tegen moeder.

'Je bleef doorzeuren tot het van mij mocht,' zei moeder.

'"*Jane deed het eerst niet zo goed, maar nu gaat het uitstekend.*"'

'Je bleef maar doorzeuren, zeg ik toch.'

'Ja, ja, ja, ja,' zei Tine met een schittering in haar ogen.

Met dat schitteren van haar ogen regelde Tine ook een aantal dingen. Ditte was er een direct gevolg van, en Tine had haar helemaal gepland. Ze was vierentwintig toen ze zwanger werd. Dittes vader was een goedgebouwde IJslandse elektricien. Hij was op doorreis en zou in Rødbyhavn overnachten. Het hotel was een dooie boel, dus ging hij de stad in en kwam hij Tine tegen. De volgende dag vertrok hij en Tine had geen idee waar hij nu was, en ze wist ook niet meer hoe hij heette. Ze dacht Kádur of Kálif, maar dat klopte vast niet.

We zaten op de grond en keken naar de kapotte schommelstoel. Ditte lag te brabbelen. Ik had het idee dat ik geen parfum kon verkopen, zelf had ik nog nooit een flesje gehad.

'Wat doen we met die schommelstoel?' vroeg ik.

'Die laten we repareren.'

'Waar dan? Ik betaal wel.'

'Waarvan?'

Tine stond op. Ze liep weg om haar jas aan te doen en kwam binnen met haar portemonnee in de hand: 'Ik haal wat lekkers. We gaan het een beetje gezellig maken.'

'Tine, ik ben geen type om parfum te verkopen.'

'Dat leer je wel,' zei ze en ze ging de deur uit.

Ik zette koffie. Ik stond bij het keukenraam en wuifde naar haar toen ze terugkwam. Ze zwaaide het zakje van de bakker boven haar hoofd heen en weer.

2

Het gesprek vond plaats op de kamer van Alsing. Hij stond niet op toen ik binnenkwam. Hij pakte mijn papieren en begon erin te bladeren. Niets wees erop dat ik moest gaan zitten, dus bleef ik staan. Ik had de leren jas van Tine geleend.

'Goed,' zei Alsing. 'Heeft ze het thuis een beetje op de rails?'

'Op de rails?'

'Met de kleine. Hoe oud ben je?'

'Negentien. Twintig.'

Hij knikte. Hij bleef me maar aankijken, ook toen hij me de papieren teruggaf.

'Ja, jullie lijken op elkaar. Daarbinnen kun je je uniform ophalen.'

Hij knikte met zijn hoofd naar het aangrenzende kantoor en om een of andere reden maakte ik een buiginkje. Ik haalde het uniform op, twee witte blouses en een wikkelrok, en fietste naar huis met de kleren in een plastic tas aan het stuur.

'Heb jij ooit wat met Alsing gehad?'

'Nee, hoor,' zei ze nonchalant, dus dat was wel zo.

'Hij heeft afgrijselijk dikke lippen,' zei ik.

'Ja, dat heeft hij zeker.'

Mijn spullen uit Næstved kwamen heel vroeg op een woensdag. Tine was met Ditte naar de huisarts om een prik te halen. Ik opende de deur op een kier, de chauffeur stak een briefje naar binnen en vroeg me om een krabbel te zetten. Hij zei dat hij de spullen beneden bij de deur zou neerzetten. Toen ik beneden kwam, was hij al vertrokken. Alles lag door elkaar en ik begon de dingen naar boven te dragen, een doos per keer. Het waren er negen. Daarna sleepte ik het bureaublad de trappen op, dat maakte nogal lawaai. Ik wilde dezelfde methode gebruiken voor de bedbodem, maar die was volstrekt onhanteerbaar. Gelukkig kwam Tine thuis en hielp ze me mee.

Vijf dozen waren niet van mij. Er zat een heleboel oude troep in, vazen en beeldjes in krantenpapier verpakt. Een van de dozen zat vol met zelfgebreide truien en mutsen, in een volgende zat een compleet nieuwe stereo-installatie, beschermd met piepschuim. Zij bestond uit een grammofoon, een cassettedeck en een versterker, maar er waren geen luidsprekers bij.

Tine gilde van plezier. Ze smeet met piepschuim om zich heen en sloot alle snoeren aan. Ik zat op de vloer zonder iets te zeggen. Er ontbraken een paar van mijn eigen dozen en die wilde ik graag terug hebben. Maar het was een beetje moeilijk om bij de transporteur te klagen zonder de stereo-installatie te noemen.

'Wat zat er in jouw eigen dozen? Maak een lijstje,' zei Tine, en toen ik er een poosje mee bezig was geweest, probeerde ik de waarde van mijn verloren spullen uit te rekenen. Die waren niet veel meer dan honderd kroon waard. Ik had bijvoorbeeld 48 lege mosterdglazen, die mijn moeder voor me had gespaard. In een andere doos had ik mijn oude damesbladen en posters gestopt. Alles bij elkaar genomen was de stereo-installatie veel meer waard. Tine drong erop aan dat we deden alsof er niets gebeurd was.

'We kunnen mijn luidsprekers er vast en zeker op aansluiten,' zei ze.

We droegen de vier onbekende dozen met figuren en breisels naar de kelder. Die was propvol, we moesten samen duwen om de deur weer dicht te krijgen. We haastten ons naar boven. Het was net of we een misdrijf hadden gepleegd. Maar Tine zei dat je je overal uit kon kletsen.

De kaas verschimmelde twee keer achter elkaar en dat was mijn schuld. Ik wist zeker dat mijn moeder ooit een keer had gezegd dat kaas niet in de koelkast mag. Daarom deed ik hem in een plastic zak en legde hem in de kast. Wist ik veel, ik at zelf geen kaas. Het was ook warm in de flat, want in ons blok hadden we een gemeenschappelijke energierekening, dus je kon gewoon flink stoken, zei Tine. Ze liep het hele jaar door in korte mouwen. Ze foeterde me uit vanwege de kaas. Ik foeterde haar uit vanwege de asbakken. Daar deed ze water in en dat stonk.

Maar we hielden van dezelfde traditionele gerechten met saus. We hielden er ook van om op de bank te liggen, vooral ik. Daarbij kwam nog onze gemeenschappelijke voorliefde voor speciaal brood van de bakker en de week-bladen, elke donderdag. Dat hadden we van onze moeder overgenomen, en donderdag was altijd het hoogtepunt van de week geweest. Die traditie had ons een speciale uitdrukking opgeleverd: 'Weet je?' vroeg de een. 'Nee, en ik wil het zelf lezen,' zei de ander.

We lazen ook de boeken van Tove Ditlevsen en Knuth Becker en Pearl S. Buck. Op school in Næstved zei iemand tegen me dat dat geen echte literatuur was. Hij heette Hans en had een jaar aan de universiteit gestudeerd. Ik hechtte niet veel waarde aan zijn uitspraken. Als hij zo belezen was, dan werd hij toch zeker geen ergotherapeut.

3

In hotel Fugleflugten sneed de kok een keer het bedorven uiteinde van een lendenstuk af en serveerde de rest aan zeven Nederlandse gasten. Ze proostten en dronken en aten. De kok was aan de drank. De eigenaar was aan de drank. De linnenjuffrouw overleed aan voedselvergiftiging, maar dat was al heel wat jaren daarvoor. Voor ze stierf wist ze nog 72 potjes pikante rode bieten in te maken, die nog steeds keurig naast elkaar in het stookhuis stonden. Ze werden geserveerd bij de gehaktballen. Tine vond dat nog het allerergst. Ze werkte in de zomervakantie na de onderbouw in de keuken en was een beetje verliefd geworden op de kok. In de pauzes zat ze op een trapje met haar dikke vinger in het zeepwater. 'Kom de saus eens proeven,' zei de kok terwijl hij naar haar knipoogde. Ze kreeg achttien kroon per uur, daar moest je niet over klagen. Bij het Danhotel betaalden ze maar vijftien.

Ik zag haar een keer tijdens werktijd luid gillend door de Havnegade rennen, met de kok achter haar aan en haar witte klompen in de hand. Ik was met Kirsten Hansen onderweg naar het strand. Het was de eerste keer dat we alleen naar het strand mochten. We waren tien jaar en gingen naar de vijfde. We hadden dezelfde fietsen en we hadden hetzelfde soort kralen in het haar. We fietsten in hetzelfde tempo naast elkaar en draaiden ons gelijktijdig om toen we Tines gegil hoorden. De kok had haar bijna te pakken toen mijn voorwiel tegen dat van Kirsten Hansen aanreed, of omgekeerd, en onze fietsen vielen tegelijk om, waarna we met onze hoofden tegen het asfalt knalden. Het stuur van Kirsten Hansen was beschadigd en we moesten de rest van de weg naar het strand met de fiets aan de hand lopen. Toen we er waren, gingen we niet het water in. We wisten niet of het gevaarlijk was als je net je hoofd had bezeerd. Ik bleef het gevoel houden dat het mijn schuld was. 'We kunnen wel gewoon zandkorrels tellen, haha,' zei Kirsten Hansen zonder erbij te lachen, en 's avonds kwam Tine niet op de afgesproken tijd thuis en werd het een enorme trammelant.

Na de middenschool ging ze op de veerboot werken. De eerste paar jaar maakte ze schoon in het restaurant, maar zodra ze achttien was, plaatste Alsing haar over naar de parfumerie. Ze wist alles al over reinigingsmelk en huidtonic dankzij een beauty-cursus op de vervolgopleiding. De rest leerde ze snel. In december kon ze 38 parfums onderscheiden. Bij het bekijken van de kerstetalages in Nykøbing vermaakte ze zich met het achter vrouwen in de winkelstraten aan rennen en hun parfum te herkennen: 'Nina Ricci! Missoni! Rive Gauche!'

'Doe eens normaal, zeg,' zei moeder, maar dat deed Tine niet.

4

Ik had geen zin om te beginnen. Het liefst wilde ik dat de dagen zouden blijven verlopen zoals ze nu verliepen. 's Ochtends werd ik wakker van Dittes geluidjes vanuit de slaapkamer. Ik sloop naar binnen en tilde haar op, Tine ging op haar andere zij liggen. Ik zette koffie, terwijl Ditte op haar kleedje op de grond naar me lag te kijken. Ik maakte ook een flesje voor haar klaar.

Na een uurtje stond Tine op en hield ze ons gezelschap. Ze ging zitten, at twee stukjes knäckebröd en dronk een heleboel koffie. We spraken bijna niet met elkaar. Pas als Ditte buiten was gezet voor haar slaapje, zeiden we iets. We zaten aan de eettafel en maakten plannen. Hadden we nog brood? Moesten we vandaag naar het postkantoor? Welke platen moesten we de volgende keer lenen in de fonotheek?

Tine had een kast in de kamer leeggehaald en de nieuwe stereo-installatie erin gezet. Die werkte prima met haar oude luidsprekers. We lagen elk op een bank te luisteren terwijl we naar de grijze lucht keken. Tine lag op haar eigen bank en ik op die van moeder. Af en toe stond ik op om te kijken of Ditte beneden in de kinderwagen bewoog.

Ik zag Martin lopen. Hij was op weg naar het fietsenschuurtje, met beide handen in zijn zakken. Bij elke stap liep hij op zijn tenen. Ik dacht altijd dat je bij die manier van lopen extra calorieën verbrandde. We hadden elkaar tijdens een pinksterbal op de mond gezoend en dat was een ongepassioneerde zoen geweest. Niet alleen van zijn kant. Hij had me op dat gebied nooit geïnteresseerd, hij was veel te slungelig en humeurig. Toen we op school zaten viel hij soms van het ene uiterste in het andere, van luid schreeuwend in het klaslokaal tot zachtjes piepend op het toilet. Hij had vaak last van zijn buik. Dan kwam zijn moeder hem ophalen, met haar schoudertas tegen haar lichaam geklemd en met een hoofddoek om het hoofd. Er hing een lucht van biefstuk of Zweedse worstjes om haar heen, want ze maakte altijd 's ochtends het avondeten klaar. Ze werkte elke dag vanaf vier uur 's middags in het gesticht Rødbygård en stond bekend als 'de kapster'. Niemand wist hoe haar haar onder de hoofddoek eruitzag. Ze nam de jammerende Martin in de grote pauze aan de arm mee naar huis, maar de volgende dag was hij alweer schreeuwend terug op zijn plek. Toen hij gaandeweg boven zijn moeder uitgroeide, nam zijn buikpijn af.

Martin verdween in de schuur. Even later kwam hij met zijn fiets naar buiten. Hij had een dun spijkerjack aan, stapte op de fiets en reed ervandoor terwijl zijn adem de lucht wit kleurde. Hij werkte in deeltijd bij Frigodan, waar hij bevroren uien en boontjes inpakte.

5

Wanneer het tegen vijf uur donker werd, haalden we de kookboeken tevoorschijn. Tine had het er vaak over dat we spareribs moesten maken. Dat was een van moeders lievelingsgerechten. We probeerden het een keer, maar we konden ons niet herinneren waar de saus van gemaakt werd. De ribbetjes droogden uit in de oven terwijl wij onze hersenen pijnigden. De aardappelen waren allang klaar en het water was afgegoten. We hadden vergeten bouillonblokjes te kopen. Uiteindelijk componeerde Tine een saus van water, meel en zout. Bij gebrek aan room gooide ze er wat umer bij. De saus deed ons denken aan karnemelkse pap. Díé kregen we de volgende dag.

We brachten Ditte om beurten naar bed. Als het mijn beurt was, gaf ik haar in de slaapkamer de fles. Ik zat op het tweepersoonsbed met mijn rug tegen de muur en Ditte op de arm. Haar hoofdhuid rook naar warm zand. Af en toe liet ze de fles los en keek ze me aan. Ze bestudeerde mijn gezicht en concentreerde zich daarna weer op haar melk.

Als ze sliep, legde ik haar voorzichtig in bed en sloop ik naar de kamer. Soms had Tine koffie gezet, maar op een avond had ze een drankje voor ons gemaakt, allerlei-lekkers-uit-de-kast-door-elkaar. Het was onmogelijk de verschillende ingrediënten van elkaar te onderscheiden. Het smaakte alleen heel sterk naar kokos.

Toen we allebei ons glas op hadden, sloeg Tine met haar handen op de bank: 'Er moet iets gebeuren.'

'Wat?'

'Er gebeurt helemaal niks. Dat komt ook omdat ik thuis ben.'

'Maar wat wil je dan?'

'Kijk niet zo. Ik heb een beetje lucht nodig.'

'Sorry hoor, als ik je verveel.'

'Bla, bla.'

'Sorry.'

'Een beetje lucht' betekende in eerste instantie dat ze twee keer om het blok heen liep. Ondertussen schudde ze met haar handen. Ik wist niet wat dat betekende. Ik stond vanuit de kamer naar haar te kijken en als ze achter het blok verdween, liep ik naar de keuken, vanwaar ik haar kon zien aankomen. Ze ging onder een lantaarnpaal staan, zwaaide naar me en stak haar tong uit. Ze gebaarde dat ik het raam open moest doen.

'Ik ga even naar de sporthal,' riep ze.

'Nu?'

'Misschien pak ik nog een biertje in café De Kast. Moet ik nog wat voor je meenemen?'

'Een zak snoep.'

'Een grote of een kleine zak?'

'Een grote.'

Toen hoorde ik Ditte huilen in de slaapkamer, ik gebaarde tegen Tine en liep erheen. Toen ik terugkwam bij het keukenraam was Tine al weg. Ik poetste mijn tanden en ging in de woonkamer zitten wachten.

6

Met haar loon van de veerboot kocht Tine een lidmaat-
schapskaart voor de zonnestudio boven de oude meubelzaak. Ze kreeg een sleutel, zodat ze zelf naar binnen kon.
Dat deed ze op een zaterdag laat in de middag.

Er waren vier ruimtes. Tine koos de achterste en kleedde zich uit, ze legde haar kleren in een hoek. De vloer lag
bezaaid met verkreukeld keukenpapier. Ze droogde het
glas af met haar ene sok, voordat ze ging liggen en de kap
van de zonnebank naar beneden trok. Het maakte net zoveel lawaai als een compleet ventilatiesysteem. Maar op een
gegeven moment hoorde ze ook brullende stemmen door
het lawaai heen. Haar rug was nat van het zweet. Ze lag
even te luisteren, daarna duwde ze de kap omhoog en deed
de zonnebank uit. De stemmen kwamen uit de gang. Er
renden een paar jongens heen en weer die hard tegen de
deuren schopten terwijl ze lachten en schreeuwden. Tine
kleedde zich snel aan. Ze gaf geen antwoord toen er bij
haar naar binnen werd geroepen. Ze opende het raam aan
de straatkant en leunde ver naar buiten. Achter de verhit-
te wangen was ze bleek. Ze maakte gebaren met haar armen naar de buschauffeur op het trottoir aan de overkant,
maar die zag haar niet. Else Hansen zag haar wel, maar
zwaaide gewoon terug.

Else Hansen zwaaide ook naar mij, toen ik kwam aan-fietsen met een grote tas kersen aan het stuur. Ik was de hele middag met moeder aan het plukken geweest. Else Hansen wees glimlachend naar Tine en ik zag haar wilde gebaren maken in het raam. Ik zette mijn fiets neer en liep met de tas in de hand naar haar toe.

'Help, ze zitten achter me aan,' zei ze schor en ze gooi-de de sleutel van de zonnestudio naar beneden.

Ik begreep niet wat er aan de hand was. Ik wilde naar huis om de kersen te wegen. Ik had de tas gratis mee mogen nemen. Moeder had de volle prijs betaald voor haar twee emmers. Ik schatte dat de inhoud van de tas ongeveer tien kroon waard was. Het was in elk geval meer dan drie ki-lo. De portiek van de oude meubelzaak stonk naar siga-rettenrook. Aan het eind van de gang zaten drie stevige ke-rels op de grond. Ze keken me aan.

'Wat moet jij hier?' vroeg de een.

'Ik wil alleen maar naar mijn zus toe.'

'Is dat die Poolse?' vroeg de ander.

'Nee, ze heet Tine.'

'Tine Åby?'

'Nee,' antwoordde ik en toen ging de deur open en stap-te Tine met rechte rug en haar haar opgestoken naar bui-ten.

'Hé Jane, goed dat je er bent,' zei ze met een ongekend volwassen stem.

De jongens stonden op.

'Staat papa beneden te wachten?' vroeg Tine die de tas van me overnam. Ze keek er snel in en gaf hem aan een van de jongens: 'Willen jullie deze misschien hebben? Alsjeblieft.'

Ze draaide zich om en hield me stevig bij de arm, terwijl de jongens in de tas keken. We liepen de trap af en kwamen op straat.

'Ik rij,' zei Tine en ze pakte mijn fiets. Ik ging achterop zitten. Ik mocht de hele weg achterop blijven zitten, dus ik zei niets van de kersen. Tine trapte de pedalen hard in de rondte.

Haar rug rook naar de zonnestudio. Dat werd een bekende geur voor me. Elke keer als ze ernaartoe ging, vroeg ze me om mee te gaan. Terwijl zij onder de zonnebank lag, moest ik met een vleeshamer in de hand bij de deur staan. Dat duurde vijfentwintig minuten. Moeder wist er niets van. Ze zocht die zomer een keer naar de vleeshamer, maar Tine wist hem snel op zijn plek terug te zetten. Als de tijd verstreken was, sprong ze overeind en trok haar kleren aan. Ik gaf haar de handdoek en terwijl we de trap afliepen, wreef ze haar gezicht droog.

Buiten op straat gaf ze me altijd vijf kroon. Haar handen trilden en die van mij ook. Vooral de rechter. Ik kocht voor het geld een wit bolletje met maanzaad of iets anders eetbaars.

'Je kunt beter sparen voor wat kleren,' zei Tine. 'Een jurk bijvoorbeeld.'

Maar kleren interesseerden me niet zo. Elk jaar in mei

trok moeder de grote koffer onder het bed vandaan en liep de inhoud na. Er zaten rokken in en T-shirts en shorts. Dat waren mijn zomerkleren. Moeder stopte die in de kast en legde jassen, wollen sokken en gevoerde broeken terug in de koffer. Er waren genoeg jurken die ik kon dragen. Er waren altijd wel een paar die pasten. Tine had haar eigen zomerkleren op haar kamer. Ze liep voornamelijk in het wit, om de kleur die ze langzamerhand kreeg extra te benadrukken.

7

Ik wachtte op Tine, totdat Ditte haar laatste flesje had gekregen en weer in slaap was gevallen. Daarna ging ik met mijn kleren aan op het tweepersoonsbed liggen. Het was gaan sneeuwen, de sneeuw lichtte de lucht achter het gordijn op. Buiten was geen enkel geluid te horen.

Toen ik de volgende dag wakker werd, was het gordijn opzij getrokken. Het sneeuwde nog steeds. Ik stond op en liep naar de kamer, waar Tine haar nagels zat te vijlen. Ze lachte toen ze me zag.

'Heb jij zó geslapen?'

'Haha,' reageerde ik en ik trok mijn coltrui recht. Ik ging zitten en pakte een van de snoepjes uit het zakje op tafel.

'Getver, niet bij het ontbijt,' zei Tine.

'Hoe laat was je thuis?'

'Tegen twee uur.'

'Waar ben je geweest?'

'In café De Kast. En daarna nog in De Landman.'

'Met wie?'

'Zeg, is dit een verhoor? Met iemand uit de Minishop. Annette.'

'Die met dat haar?'

'Mm. Heb je op me zitten wachten?'

'Nee hoor.'

'Ik zal eens koffiezetten. Zullen we vandaag naar Maribo gaan?'

'Denk je dat de bussen rijden?'

'Waarom zouden die niet rijden?'

'Misschien sneeuwt het wel te hard.'

Ik stond op en liep naar het raam. Alles was bedekt met een dik, wit sneeuwtapijt. Onder het afdakje bij de fietsenschuur deed Ditte in haar kinderwagen haar ochtendslaapje. Er waren zwarte sporen van Tines rubberlaarzen te zien in de sneeuw tussen de kinderwagen en onze portiek. Maar het drupte van de dakgoten. Tine rommelde met een pan en draaide de kraan in de keuken open. Vervolgens liep ze achter me langs en legde ze een hand op mijn schouder: 'Nou, Jane, nu zijn we bijna ingesneeuwd. Dan ben jij gelukkig.'

'Het dooit.'

'Echt waar? Da's jammer, zeg. Dan moeten we toch de wereld maar eens in.'

'Haha.'

We besloten met de trein vanaf de veerboot naar Nykøbing te gaan, en liepen naar de haven. Dat was de keer dat we het erover hadden om Martin eens voor de koffie uit te nodigen. Hij kwam door de papperige sneeuw aanfietsen en stak zijn verkleumde hand op toen hij ons zag. Hij had een rugzak om waaruit een kartonnen koker stak. Ik vroeg me af wat er in de koker zat. Tine schudde haar hoofd.

'Hij ziet eruit alsof hij sterft van de kou,' zei ze.

'Zo ziet hij er altijd uit. Ook in de zomer.'

'Zomer, wat was dat ook alweer?' vroeg Tine terwijl ze met de kinderwagen de weg overstak. Ik snelde achter haar aan in mijn rijglaarzen, de vijfkroonmunten rinkelden in mijn wanten.

8

Tine had tot maart zwangerschapsverlof. Als ze weer aan het werk ging, zou mevrouw Lund van de Kragesøvej op Ditte passen. Mevrouw Lund had bij moeder op school gezeten. Haar man was roestbikker op een scheepswerf. Als hij 's middags thuiskwam, ging hij in een leunstoel zitten en deed hij verder niks meer. Zo bleef hij zitten tot het avondeten op tafel stond. In het weekend kon hij ook de hele dag zo zitten. Door dat zitten van hem hadden hij en mevrouw Lund bijna geen contact met haar familie. Zij kwam uit een oude plattelandsfamilie waarin je van 's morgens vroeg tot 's avonds laat aan het werk was.

'Dat is de prijs van het huwelijk,' zei mevrouw Lund tijdens de koffie altijd tegen moeder.

Nu stond ze in haar dikke donsjack op het perron en sloeg haar armen om zich heen tegen de kou. De trein was vanaf de veerboot aan land gereden en stond bij het station te wachten. Ze liep ernaartoe en zwaaide door het raam naar binnen. Daarna deed ze een stap achteruit, draaide zich om en zag ons. Ze riep iets en gebaarde dat we naar haar toe moesten komen. Tine rende erheen.

'Dag meisjes, gaan jullie op reis?' vroeg mevrouw Lund en ze boog voorover naar Ditte in de kinderwagen en ging zonder onderbreking verder: 'Poele poele poele! Ik heb net

Bo naar de trein gebracht. Hij moet naar Nykøbing voor een onderzoek.'

Ze bleef naar Ditte kijken en lachen. Achter het raampje in de coupé knikte Bo tegen ons. Hij was al in de dertig en woonde nog steeds thuis. Af en toe verdiende hij een beetje geld als manusje-van-alles. Hij liep altijd op werkklompen met gesloten hakken.

'Wij gaan ook naar Nykøbing,' zei Tine.

'We moeten helemaal voor in de trein met de kinderwagen,' zei ik terwijl ik Tine aan haar mouw trok.

'Zal ik haar mee naar huis nemen?' vroeg mevrouw Lund.

'Wilt u dat?' vroeg Tine. 'In de tas zitten flesjes melk.'

'En luiers bij het voeteneinde,' zei ik.

'Dan steken we gelijk over: ik neem de kleine, jullie nemen Bo.'

Ze gebaarde tegen hem dat wij naar binnen kwamen, en hij knikte.

'Mama komt snel terug.'

Tine gaf Ditte een zoen.

'Ja, hoor, echt waar,' zei mevrouw Lund.

'Kom nou, het is al kwart over,' zei ik en we waren net ingestapt of het fluitje ging.

Toen we onze jassen hadden uitgedaan en waren gaan zitten, hield Bo ons een sigarettenetui voor.

'Willen jullie er eentje?'

Hij praatte heel langzaam, bijna de helft van de normale spreeksnelheid.

'Is dit een rookcoupé?'

Tine keek om zich heen.

'Dat wordt het nu in elk geval wel,' zei Bo terwijl hij haar vuur gaf. Tine blies de rook naar boven uit en leunde tevreden achterover. Ze had haar roze leren laarzen aan. De vloer in de coupé was nat en streperig van de gesmolten sneeuw. Ik draaide me om naar het raam, we ratelden langs de watertoren en het viaduct bij Lundegårde. De lucht was grijs, de velden waren wit.

'Wat is dat voor onderzoek waar je naartoe moet?' vroeg Tine.

'Een bloedonderzoek en iets psychisch.'

'Wat is dat psychische dan?'

'Over wat hier niet in zit.'

Bo tikte met zijn wijsvinger tegen zijn slaap en ze begonnen allebei te lachen. Zijn lach was ook heel langgerekt.

'Alle gekheid op een stokje, het is voor mijn psoriasis,' zei hij toen ze uitgelachen waren.

'Heb je daar nog steeds last van? Wat vreselijk.'

'In de winter is het het ergst. Ik zou in Zuid-Europa moeten wonen.'

Tine knikte. Vervolgens legde ze haar arm om me heen: 'Zeg eens iets. Je zegt helemaal niets.'

'Het is goed om even naar de grote stad te gaan,' zei ik.

'Dat is het zeker,' zei Bo die een halve sigaret in zijn etui terugdeed. Tine zat hem te bestuderen. Hij stopte het etui in zijn rugzak en vouwde zijn handen.

We reden langs de drie huizen met blikken daken, een plek die moeder altijd Stinkdorp had genoemd. Tine was een tijdje bevriend met een van de meisjes die daarvandaan kwamen, en als ze thuiskwam rook ze inderdaad heel vreemd. Naar iets onbestemd bedorvens, keukenafval en geitenkeutels, zei moeder. Ze hadden daar overal dieren rondlopen. Tine en het meisje uit Stinkdorp hadden een kwart kilo suiker mogen eten bij de rabarber die ze bij de mesthoop hadden geplukt. Tine had maar zitten eten, en toen ze thuiskwam had ze buikpijn en daarbij een draderig gevoel in haar mond, wat bijna nog het ergste was. Hoe vaak ze haar tanden ook poetste, het ging niet weg.

Toen ik in Næstved woonde, droomde ik diverse keren over Stinkdorp. Ik viel op mijn knieën en kuste de geploegde akkers daar, alsof ik eindelijk thuis was gekomen. Als ik wakker werd, kon ik duidelijk de stank terughalen die in Tines trui en haren hing. Ze lag op haar bed te jammeren, haar maag rommelde.

Vlak na Tågerup kwam de trein tot stilstand. Eerst klonk er een sissend geluid, daarna werd het heel stil. We zaten even te luisteren. Toen stond Bo op en deed hij het raampje naar beneden. Hij leunde naar buiten en keek naar links en naar rechts.

'Niet uit het raam leunen,' zei Tine en ze keek naar het plafond.

'Ja, ja,' zei Bo.

Er was echt geen enkel geluid van de trein te horen. Tine zuchtte. Een paar meeuwen krijsten boven de velden.

'Kun je iets zien?'

Ze stond op en ging naast Bo staan. Ze moest op de bank stappen om naar buiten te kunnen kijken.

'Helemaal niks. Nou, ja. Laten we maar een sigaretje roken.'

Ze stonden door het raam heen te roken.

'Zijn er verder nog dingen die je thuis gedaan moet hebben, Tine? Op het moment heb ik wel tijd.'

'Kun jij een schommelstoel repareren? Ik moet er wel bij zeggen dat ik tot de eerste geen geld heb.'

'Daar komen we wel uit. Ik kijk er wel een keer naar.'

'Ik heb wel geld,' zei ik, maar Tine wierp me een blik toe over haar schouder. Er klonken harde voetstappen op de gang. De conducteur trok de deur open: 'We hebben een storing. We wachten af.'

'Dat meen je niet,' zei Tine.

'We zien wel wat er gebeurt,' zei Bo.

'Het zal wel een poosje duren.'

'Is het de elektriciteitsvoorziening?' vroeg Bo.

De conducteur haalde zijn schouders op: 'Ik weet het niet. Ik moet alleen de boodschap doorgeven. Daar ben ik voor aangesteld.'

'Da's ook wat, niet?' zei Bo.

'Ja, da's zeker wat. Hebben jullie het warm genoeg, dames? En laat gerust het raam open, hè?'

Toen de trein een halfuur stilgestaan had, stapten we uit. We schatten dat het ongeveer acht kilometer was naar huis, vanaf de provinciale weg. Eerst moesten we over een hek klimmen en vervolgens een hobbelige akker oversteken. Misschien lag hij onder de laag sneeuw braak. Voor Tine was het zwaar lopen in haar roze laarzen. Maar voor Bo was het erger. De sneeuw bleef aan zijn werkklompen plakken. Die werden steeds zwaarder. Hij moest voortdurend stilstaan om de sneeuw te verwijderen.

Tine en ik kwamen het eerst bij de weg. We hadden het koud. We keken naar het gevecht van Bo met zijn schoeisel.

'Waarom is ons leven altijd zo?' vroeg Tine en ze zette haar handen als een trechter voor haar mond: 'Kom je, Bo?'

'Verdomme,' riep hij terug en hij wees naar zijn klompen.

'Ja, we zien het,' riep Tine. 'We wachten op je.'

We sprongen op en neer om het warm te krijgen. Toen Bo bij ons was gekomen, waren we helemaal buiten adem. Dat was hij ook. Maar op de provinciale weg ging lopen een stuk beter. Er was totaal geen verkeer, dus we konden met zijn drieën naast elkaar lopen. Tine stak haar arm door de mijne. Ze leek opgetogen, ondanks het mislukte uitstapje. Vlak voor Lundegårde bleef ze staan en keek ze omhoog.

'Kijk eens naar de lucht.'

'Daar is niet veel blauw aan te zien,' zei Bo.

'Nee, maar hij is weids.'

'Dat dankt je de koekoek met die vlakke landerijen.'

'De sirenes van de veerboten janken,' zei ik.

'Dat doe ik zo meteen ook,' zei Bo.

'Misschien sneeuwt het op zee,' zei Tine. 'Het kan ook gewoon een groet zijn.'

Dat wisten Bo en ik natuurlijk ook wel. Maar Tine hield ervan om met dat soort verklaringen te komen, en zij werkte er immers ook. Ze begon een liedje te zingen dat we vaak op de radio hadden gehoord. Toen ze bij het refrein kwam, vielen wij in. Bo had nooit goed Engels geleerd, dus hij zong vooral *you-you-you, me*. Hij vond een looptempo dat zich door zijn hele lichaam voortplantte en hem snel voortdreef. Uiteindelijk moesten we achter hem aanrennen. We waren veel sneller thuis dan verwacht. Bo stapte uit zijn werkklompen en liep direct door naar binnen om koffie te zetten. Hij had nog steeds zijn rugzak om. Hij leek heel klein op zijn sokken.

9

Op een ochtend ging om kwart voor acht de telefoon. Het was van het kantoor van de veerdienst. Ik moest op een verplichte EHBO-cursus, voor ik kon beginnen. Ze hadden het vergeten door te geven, en nu was er vandaag een afzegging gekomen. Ik moest een halfuur later in de vertrekhal klaarstaan, daarna zouden we naar de lokalen worden gebracht waar de cursus werd gegeven.

Het was nog steeds donker. Ik deed snel mijn kleren aan. Ik haalde een borstel door mijn haar en dronk een glas water. Tine kwam uit de slaapkamer met Ditte in haar dekentje: 'Waar moet jij naartoe?'

'Er is een EHBO-cursus. Ik moet nu komen.'

'Ach, arme ziel. Het enige goede eraan zijn de koffiebroodjes.'

'Mag ik jouw fiets weer lenen?'

'Natuurlijk. Uit-uit-in-uit.'

'Dat weet ik heus nog wel. Dank je, Tine.'

Ik fietste zo snel ik kon. Er lag nog steeds natte sneeuw op de weg, het spoot tegen mijn broek aan. Halverwege de Havnegade sprong de ketting eraf. Ik viel bijna. Ik trok de fiets de stoep op en prutste met de ketting, maar ik kon hem er niet weer op krijgen. Hij was verroest en moest gesmeerd worden. Toch werden mijn handen helemaal zwart. Ik zette de fiets tegen de bunker, deed hem op slot en begon te rennen. Toen ik de zebra richting de Færgevej over was gespurt, stond er een witte auto me op te wachten. De chauffeur maakte een gebaar dat ik mee kon rijden. Hij stopte een stukje verderop langs de weg. Hij deed het portier voor me open en haalde een rol keukenpapier van de stoel.

'Jij moet zeker naar de veerboot?' vroeg hij.

Ik knikte. 'Ja.'

'Ik ook. Wat is er gebeurd?' Hij keek naar mijn zwarte handen.

'Mijn fiets. De ketting is eraf gesprongen.'

'Dat kun je er met koffiedik af krijgen. Écht waar.'

Hij deed zijn richtingaanwijzer uit en reed weg.

'Dan moet ik kijken of ik wat koffiedik kan krijgen. Ik moet op cursus.'

'Aan boord?'

'Nee, die wordt aan de wal gegeven.'

'Maar je werkt op de veerboot?'

'Nog niet. Ik begin in februari.'

'Ik dacht ook al dat ik je nog niet eerder had gezien.'

'Werk jij daar ook?'

Hij lachte. 'Nee. Maar ik rij een paar maal per week heen en weer. Ik ben elektricien.'

'In Duitsland?'

'Ja, maar ik woon in Brønshøj.'

'Dat lijkt me lastig.'

'Ik vind het niet erg.'

Hij schakelde terug en sloeg af in de richting van de vertrekhal. De keukenrol gleed onder de voorruit.

'Moet je je auto niet mee hebben aan boord?' vroeg ik.

'Jawel, maar eerst zet ik jou even af.'

'Dank je, dat is heel aardig van je.'

'Misschien zien we elkaar nog eens. Waar ga je werken?'

'In de parfumerie. Echt ontzettend bedankt.'

Ik gooide het portier dicht en hij zwaaide naar me, voor hij terugreed naar de toegangsweg. Het was nog maar vijf minuten over acht, dus ik had nog tijd genoeg. Ik bleef buiten bij de vertrekhal staan tot ik hem de oprit zag oprijden en hij in de veerboot verdween.

Ook al had Ingeman-Hansen zijn riem helemaal strak aangetrokken, het hielp niets. Wat hij aan lengte had, had hij niet in de breedte. Hij liep continu voor het bord heen en weer en trok steeds zijn broek op. Dat maakte het moeilijk om je te concentreren op de gevolgen van brandwonden en bevriezingen. Er waren andere dingen te vrezen.

In de koffiepauze waren er inderdaad koffiebroodjes. Ik deed er eentje op mijn kartonnen bordje en ging aan de tafel helemaal bij het raam zitten. Daar had je uitzicht op het spoor en een stukje van de Oostzee. De zon was een klein beetje doorgebroken, de zee schitterde.

Iemand legde een hand op mijn schouder: 'Hoe gaat het eigenlijk met Tine?' vroeg Elsebeth met een niet-aangestoken sigaret tussen haar vingers. Ze vervolgde met gedempte stem: 'Ik heb niet kunnen ontbijten. Ik kon gewoon niet uit bed komen. Carsten gaf me uiteindelijk een paar stompen. Ja, eigenlijk had ik hem gewoon terug moeten slaan. Kan ze zich een beetje redden? Ze is er ook wel erg vroeg bij.'

'Och, ze is toch al vijfentwintig.'

'Hoe oud is haar dochtertje?'

'Bijna een halfjaar. Ze is ontzettend makkelijk.'

Elsebeth knikte. Ze keek mensen altijd heel lang aan. Ze zou tot augustus als invaller werken bij Men's Corner, de parfumerie voor mannen. Daarna zou ze aan de universiteit archeologie gaan studeren. Haar ouders hadden een supermarkt in Sædinge. Ze was een jaar ouder dan ik.

'Ik neem er nog eentje, hm,' zei ze en ze bleef staan. 'Nee, ik wil eerst even roken. Rook jij?'

'Nee.'

'Dan kan Tine mooi jouw personeelssigaretten krijgen. Zij rookt toch, of niet?'

'Ja, maar niet veel.'

'Nou, da's dan mooi. Weet je, Jane, ik ben heel blij dat jij hier ook gaat werken. Ik ken hier bijna niemand, jij wel?'

'Nee. Ja, van gezicht.'

'Die twee met die rokken aan komen van Falster. Dat zijn moeder en dochter.'

'Dat dacht ik al.'

'Zullen we nog een kop koffie nemen?'

Ik bleef de rest van de dag bij Elsebeth, ook tijdens de brandoefening buiten. Ze stelde veel vragen. De brandweercommandant en Ingeman-Hansen begonnen ons 'de dames' te noemen, ook al had ik helemaal niks gezegd.

'Wat willen de dames weten?' vroeg de brandweercommandant toen Elsebeth haar vinger opstak.

'Hoe voorkom je paniek op zee het beste? Kunnen jullie iets vertellen over de psychologische aspecten?'

'Dat is een goed onderwerp, dat is jouw afdeling,' zei de brandweercommandant terwijl hij naar Ingeman-Hansen knikte.

'In de eerste plaats overzicht houden,' zei hij en hij keek naar de grond. Er kwam nog steeds rook uit de matras op het binnenplein. De cursus had tien minuten geleden afgelopen moeten zijn en de mensen werden onrustig.

'Oké. Nou, de rest kan ik wel zelf lezen,' zei Elsebeth terwijl ze de rits van haar jas tot boven aan toe dichttrok.

'Op kantoor ligt een heleboel materiaal dat jullie kunnen meenemen. Iedereen bedankt,' zei Ingeman-Hansen.

Het was bijna halfdrie. Ik nam bij de bushalte afscheid van Elsebeth en begon naar huis te lopen. Af en toe keek ik achterom. De lucht was vochtig. Toen ik bij het viaduct kwam, reed de bus me voorbij. Elsebeth zwaaide driftig met een sinaasappel in haar hand, ik zwaaide terug. Ik kwam bij de fiets, deed hem van het slot en nam hem aan de hand mee. Van veraf zag ik Tine in de oude wollen jas van moeder voor ons blok op het bankje zitten; ze schoof de kinderwagen heen en weer. Ik glimlachte. Zodra ze me zag, stond ze op en ze begon op en neer te springen.

10

Ik had een koffiebroodje in mijn tas mee naar huis gesmokkeld. Ik had hem in twee servetten verpakt en hij kruimelde een beetje, toen ik hem eruit haalde. Tine zat aan de eettafel met Ditte op schoot handjeklap te doen: 'Eentje voor mama en eentje voor mama. Wil je naar Jane toe?'

Ik nam Ditte over en Tine begon te eten. We hadden koffie gezet, de flat geurde.

'Ik ben vanochtend met een elektricien meegereden,' zei ik.

'Was het Tom Hansen?'

'Ik weet niet hoe hij heet. Hij kwam uit Brønshøj.'

'O, hij. Dat is Abel. Die stikt van het geld.'

'Abel, zo heet toch bijna niemand?'

'Zo noemen wij hem. Abel Spendabel.'

'Hoe weet je dat hij zoveel geld heeft?'

'Hij koopt altijd dure spullen voor zijn vrouw. Had hij blond haar?'

'Ja.'

'En van die grote handen?'

'Dat heb ik niet gezien. Hij heeft me helemaal naar de vertrekhal gebracht.'

'Kijk maar uit met hem.'

'Waarom?'

'Om wat ik net zeg: hij heeft een vrouw.'

Ze wees met de rest van het koffiebroodje naar Ditte: 'Misschien heeft hij ook wel kinderen.'

'Tine, zullen we vanavond uit eten gaan?'

'Uit eten? Waar?'

'We kunnen naar het Danhotel. Ik trakteer.'

'Wat is dat nou weer? Ben je vandaag nog niet lang genoeg de deur uit geweest?'

'Ik wil graag op een etentje trakteren. Als dank, omdat je dit baantje voor me hebt geregeld.'

'Dat heb je toch mooi zelf gefikst.'

'Jij hebt een gesprek voor me weten te regelen.'

'Elke sufferd had dat gesprek voor je kunnen regelen, met zó'n examenlijst.'

'Hou daar nou eens over op.'

Tine stond erop dat ik een satijnen blouse zou lenen. Zelf trok ze een jasje van grijze jersey aan, met een kort rokje en een T-shirt. We moesten dikke truien over onze nette kleding aandoen om onderweg warm te blijven. Het was een paar kilometer naar het Danhotel. Om beurten duwden we de kinderwagen. Een auto met een paar jongens erin toeterde toen hij ons voorbijreed, en Tine zwaaide met beide handen boven haar hoofd terwijl ze lachend riep: 'Daar zijn jullie te oud voor!'

'Was dat Michael?' vroeg ik.

'Ja, samen met de Paardenkop. Het is de auto van zijn broer.'

'Praat je nog steeds met ze?'

Tine haalde haar schouders op: 'Af en toe. Ze zijn wel oké. Tjonge, wat heb ik een honger.'

Maar het Danhotel was gesloten wegens ziekte. We stonden te kijken naar het kartonnen bord op de deur. Iemand was binnen bezig met stofzuigen. Achter ons, in de haven, lag het water stil en zwart tussen de kotters, maar verderop bij de golfbrekers bruiste het.

'Dat is weer typisch iets voor ons,' zei Tine.

'Ik kan een lekkere pizza met sardientjes maken,' zei ik en ik legde een hand op haar leren jack.

'We hebben geen sardientjes in huis.'

'Nou ja, dan zonder.'

'We hebben ook geen gist.'

'Dat geeft niks. Ik gebruik gewoon bakpoeder.'

'Kan dat?'

'Ik kan het in elk geval proberen.'

'Wil je dat?'

Ik knikte, en we keerden om en liepen terug door de Havnegade, met de zee in de rug. Voorbij de Spaarbank kon je hem niet meer horen. Dan was er alleen het suizen van de autosnelweg. De wind. Luide stemmen uit een huis, en verder niets.

De veerboot

11

In de vertrekhal weerklonk het getrippel van hakjes. Stemmen mengden zich erdoorheen, het gekwetter van Mona kwam boven alles uit. We liepen langs de verlaten douaneruimte naar de wachtruimte voor het personeel. Van de grond tot aan het plafond waren er ramen die uitzicht gaven op de Oostzee. De Danmark had vertraging. Er werden sigaretten opgestoken en kapsels gecontroleerd in de spiegel aan de muur. Mona draaide zich met een stalen kam in de hand om: 'Hoelang gaat het nu wel niet duren voor wij vertrekken?'

'Dat duurt in elk geval nog een halfuur.'

'Ja, tot ze afgemeerd en ontscheept zijn.'

Als Mona hardop een vraag stelde, kwamen er altijd ten minste twee antwoorden. Dat was me vanaf de eerste dag al opgevallen. Nu wurmde ze zich tussen twee jongens van de supermarkt in op de bank.

'Zou ik hier nog tussen passen?' vroeg haar rode mond.

'Ja, dat gaat best.'

'Jij neemt toch bijna geen ruimte in, Mona,' zei de knapste van de twee.

'O, Tim. Jij bent echt iets voor mij.'

Bij de tafel aan het raam werden speelkaarten tevoorschijn gehaald. Ik zocht naar een appel in mijn linnen tas, ik had honger, en dat terwijl ik nog geen uur geleden ontbeten had. De grote klok in de wachtruimte wees kwart over acht aan, maar die liep anderhalf uur voor. Iedereen wist dat. Tine had me er zelfs op voorbereid toen ik mijn eerste dienst ging draaien.

'Als jullie zitten te wachten, moet je niet op de klok letten. Die loopt anderhalf uur voor.'

'Dat weet jij toch helemaal niet. Je bent al een halfjaar niet op je werk geweest.'

'Geloof me maar. Ik weet dat het zo is.'

Mona zwaaide met haar kleine voetjes in de donkerblauwe pumps heen en weer boven de grond en begon te zingen: 'Ze wachtten tot ze stierven, ze wachtten tot ze stierven.'

'Ach, zo erg zal het niet worden.'

'Daar komt-ie aan, Mona,' zei Tim, die als enige opstond en naar het raam toeliep. Hij had een gedrongen postuur en een zware, aangename stem. Ik nam een grote hap uit mijn appel, die voor een winterappel veel vocht bevatte en hard kraakte. Tim glimlachte naar me: 'Dat klinkt sappig,' zei hij. Ik knikte en glimlachte met volle mond terug.

Bij de loopbrug stonk het naar machineolie. Het dreunde wanneer je eroverheen liep, maar op de veerboot verdwenen alle stappen meteen in de zachte vloerbedekking. Ik liep achter Mona en Marie Svendsen aan naar de achteringang van de parfumerie. De twee verkoopsters waren net klaar met geld tellen na hun nachtdienst en kwamen met de geldzakken in de hand naar buiten.

'Was er wat te doen?' vroeg Mona.

'Nou en of.'

'Een ontzettend zware dienst.'

Ze zagen er opgewonden en vermoeid uit. Ze kwamen uit Holeby en reden om beurten. Ik had nog geen dienst met hen gedraaid, maar we begroetten elkaar heel hartelijk als onze diensten elkaar afwisselden. Tine noemde ze Jut en Jul. Jul was volgens mij de kleinste, en zij lachte het meest. Ze waren nichtjes en getrouwd met twee broers uit Nysted. Nu gingen ze naar huis om te slapen, ze namen afscheid en liepen op hun kurken zolen naar de bank.

Wij namen de parfumerie en de kassa's over. Marie Svendsen kon het wisselgeld het snelst tellen, ik had het nog steeds niet helemaal onder de knie. Het vereiste een fijne motoriek om de munten met de wijsvinger van je rechterhand over het tafelblad in je linkerhandpalm te schuiven. De meesten konden de muntrollen met een klap tegen de toonbank open maken; ik stond uiteindelijk iedere keer het papiertje er moeizaam af te peuteren. Wanneer Mona het wisselgeld klaar had, haalde ze altijd een klein, lichtblauw speelgoedbeestje uit haar tas en zette het op haar kassa.

'Dat is mijn mascotte,' zei ze wanneer iemand vroeg waarom, en ook wanneer ze er niet naar vroegen.

Terwijl de veerboot afvoer, liep een van ons naar voren om de winkel te openen. De glazen deuren werden opengeschoven en aan beide zijden aan metalen klemmetjes op de vloer en aan het plafond vastgemaakt. Als er klanten stonden te wachten, stroomden ze naar binnen zonder dat ze je eerst naar buiten lieten gaan. Je moest je dan met je kin in de lucht een weg door ze heen banen. Ik had mijn haar in een paardenstaart boven op mijn hoofd bij elkaar gedaan. Het leek me makkelijker om te werken als je haar niet steeds langs je gezicht heen en weer streek.

Veruit de meeste klanten onderweg naar Duitsland waren Zweden die op skivakantie gingen. Ze kochten zonnecrème en lippenbalsem. Ze droegen rode en blauwe ski-jacks en dikke laarzen van goede kwaliteit.

We stonden ieder bij onze eigen kassa achter de toonbank en keken naar de drukte. In onze stroom klanten was een korte onderbreking gekomen. Marie Svendsen gebruikte de gelegenheid om een nieuwe tester van Lancôme uit te proberen.

'Jakkes,' zei Mona.

'Hij is nog erger dan Blue Grass. De lucht komt helemaal hierheen.'

'Hij stinkt naar katten. Hij is zurig.'

'Ga je even wassen, Marie.'

'Nee, geef mij even die Paris.'

'Ja, smoor hem maar met Paris.'

Mona gaf de ronde flacon over de toonbank aan Marie, die een klein beetje op beide armen, in haar hals en in haar haar spoot. Mona lachte. De rozengeur verspreidde zich. Maria spoot een paar keer in de lucht en in mijn richting, ik stak mijn pols naar voren. Ik begon de parfum in mijn huid te wrijven, maar de twee anderen hielden me tegen: 'Nee, nee.'

'Op die manier verniel je de geurmoleculen.'

'Parfum moet je altijd laten opdrogen.'

'Dat weet ik wel. Ik vergeet het alleen steeds.'

Een dikke vrouw met een sceptische blik kwam binnen. Ze keek rond en kwam op mij aflopen. Ze had haar handtas om haar nek en lichaam gehangen. Uit de tas hing een lange lijst, die ze eruit haalde en aan me overhandigde: 'Dit is het boodschappenlijstje. Van mijn zus. Ik moet zelf ook nog iets hebben. Ik weet niet meer wat, het begint met een H,' zei ze met een stem die klonk als een brommende beer. Ik draaide me om naar de planken en begon te zoeken.

'Vijfenzeventig,' zei Mona in het Zweeds bij haar kassa.

Het dagmenu was spekjes met appel. Mona at een groot bord vol en dronk er cola bij. Ik zat me af te vragen waar al dat eten binnenin haar bleef. Zelf had ik een lunchpakket mee, roggebrood met metworst. Dat had Tine gemaakt. Mona schraapte de laatste restjes op haar lepel, kauwde en likte zich om haar mond. De sigaretten werden tevoorschijn gehaald. Mona rookte heel lange sigaretten.

'Zo, nou kunnen we er weer een tijdje tegen,' zei ze en ze blies de rook omhoog.

Het duurde nog meer dan een kwartier voor we weer afvoeren. Ik stond op en liep een rondje over het dek. Er hingen donkere wolken boven Puttgarden, maar de lucht voelde zacht aan, dus dat betekende regen. Ik liep helemaal naar de reling. De matrozen beneden hadden het druk met het dirigeren van het verkeer in de juiste rijbanen en aan boord. Er waren drie rijen met personenauto's. Er waren ook veel vrachtwagens onderweg naar het vrachtwagendek. Zo te zien hadden we op deze overtocht geen trein mee aan boord. Hotel Puttgarden torende hoog boven de opslagplaatsen en barakken uit. Ik had daar ooit een kalfsschnitzel met witte saus gegeten. Dat was in de hemelvaartvakantie, toen ik op de middenschool zat. We waren met drie meisjes en drie jongens, die samen op pad waren. Eigenlijk hadden we in Burg moeten zijn, maar de bus was net weg en het duurde nog een uur tot de volgende ging.

Ik draaide me om en liep terug naar binnen. Er stonden al veel klanten te wachten voor de deur van de parfumerie. Dat leek Mona niets te kunnen schelen. Ze stond over de toonbank gebogen en lakte haar nagels. Marie Svendsen was aan het bijvullen. Ik liep achterom naar binnen en legde mijn tas op de plank onder de kassa. Mona zwaaide met haar roze nagels: 'Hé, kan iemand niet wat snoep gaan halen?'

'Goed idee,' zei Marie Svendsen.

'Dat zal ik wel even doen.'

'Ze hadden vandaag zoveel brekage. Kijk eens of er karameltoffees bij zijn.'

'Brekage' was een deel van mijn woordenschat geworden sinds Tine op de veerboot was gaan werken. Als de verpakking van een of ander product kapot was gegaan, kon dat niet meer worden verkocht en mocht het personeel zich gratis voorzien. Ik liep door de personeelsingang naar de supermarkt, waar Tim bezig was de kartonnen dozen op te ruimen. Die werden in een machine kapotgemaakt en samengebonden. Hij keek verbaasd toen hij me achter zijn rug gewaar werd: 'Hé, hallo.'

'Hoi.'

'Heb je dozen voor me?'

'Nee. Ik wilde even horen of er nog brekage was.'

'Ja, en anders maken we toch gewoon wat. Wat willen jullie hebben? Toblerone?'

'Ja, dat is goed. Dank je.'

Hij deed een greep op een plank en pakte er een gedeukt pak Toblerone af. Hij pakte ook een half zakje winegums. Ik pakte beide dingen aan en glimlachte naar hem. Hij glimlachte terug, een heel warme glimlach. Ik had het idee dat je jongens niet zo vaak op die manier zag lachen.

'Ontzettend bedankt,' zei ik. 'Ik kan niet echt iets terug-doen.'

'Jawel, dat kun je wel. Kun je vegen?'

'Hoe bedoel je?'

'Met een bezem. Dan kun je morgen mooi de hele dag voor me vegen.'

'Ja, maar ik heb nachtdienst.'

'Nou, dat is ook jammer. Hé, maar dat heb ik morgen ook.'

Ik wist niet goed of hij meende wat hij zei. Ik stond te treuzelen. Hij begon te lachen.

'Ik maakte maar een grapje. Doe ze bij jullie de groeten.'

Hij draaide zich weer om naar de kartonnen dozen op de vloer. Met het snoep dicht tegen mijn lichaam aan liep ik terug naar de parfumerie, waar Mona stond te wachten met haar handen gevormd als een schaal: 'Hè, hadden ze alleen winegums?'

'Ja, maar dit zijn de goeie.'

'Er is ook Toblerone.'

'O bah, dat vind ik zulk vies spul.'

'Is het al zo laat?'

De veerboot schokte en begon te varen. Marie Svendsen liep naar buiten om de winkel open te doen, terwijl Mona stond te kauwen. De vrouw van de informatiebalie heette de passagiers via de intercom welkom aan boord, nog voordat we de pieren goed en wel achter ons hadden gelaten. Zo snel ging het lang niet altijd.

Tijdens de hele overtocht waren er klanten. Ze stonden in de rij tot voorbij de glazen deuren. In de winkel steeg de temperatuur geleidelijk aan, en ik voelde me nat van het zweet op mijn lip en op mijn voorhoofd. Maar wanneer ik een snelle blik op mezelf in het spiegeltje op de toonbank wierp, was er niks te zien. Ik gebruikte een nieuwe poeder, eentje die Marie Svendsen me had aangeraden. Hij was wat geel van kleur, waardoor ik eruitzag als een wassen pop. Ik gebruikte ook oogschaduw, mascara en eyeliner, maar zelden lippenstift. Mona had daar op een dag iets over gezegd: 'Moet jij niet iets op je lippen hebben?'

'Nee, ik krijg zo'n grote mond van lippenstift.'

'O? Ik vind juist dat je echt een kleine mond hebt.'

In de dagen daarna deed ik mijn best om het onderste deel van mijn gezicht breder te maken, ook wanneer ik helemaal alleen in de parfumerie stond, totdat Elsebeth een keer met een slof sigaretten langs snelde en bij de glazen deuren bleef staan: 'Dag, lieve Jane, wat is er met jou aan de hand?'

'Er is niks aan de hand, hoor.'

'Je gezicht ziet er zo gespannen uit. We hebben zo meteen vrij.'

Toen ben ik gestopt met het aanspannen van mijn kaakspieren.

De kleine hand van Mona met het bedelarmbandje klingelde en rinkelde boven het lawaai van de klanten uit. Ze was een goede verkoopster. Als een klant om een reinigingscrème vroeg, zette ze ook een huidlotion op de toonbank neer. Als dat goed ging, vervolgde ze met een nachtcrème en een oogcrème. Als het niet goed ging, tuitte ze haar lippen en friemelde ze wat aan het lichtblauwe speelgoedbeest, totdat de klanten interesse begonnen te tonen. Ik hield haar in de gaten in de pauzes tussen mijn eigen klanten in. Twee heel jonge meisjes bij mijn kassa telden hun geld, terwijl ze met elkaar stonden te fluisteren. Ze moesten kiezen tussen Anaïs Anaïs en Oscar de la Renta. Het was een cadeautje voor een ander meisje.

'Wat vind jij?' vroeg de kleinste van de twee aan mij terwijl ze in haar onderlip beet.

'Oscar de la Renta. Die heeft meer klasse.'

'O, dank je. Dan nemen we die. Ontzettend bedankt.'

'Willen jullie een proefje van KL?'

'Ja, graag.'

Het geld werd op de toonbank gelegd en de meisjes lachten en bedankten me opnieuw. Ik wierp een blik in Mona's blauwe ogen. Ze draaide zich om en bukte zich om haarlak te pakken. Mijn volgende klant was een vrachtwagenchauffeur. Dat zei hij zelf.

'Ik moet coldcream meenemen voor mijn vrouw. Ik ben vrachtwagenchauffeur.'

Toen we eindelijk in de haven waren, waren er verscheidene lege plekken in de schappen. We vulden bij en maakten de kas op. Pakten onze jassen en tassen. We waren op tijd aangekomen, en onze vervangers stonden klaar toen we de parfumerie verlieten. Mona en Marie Svendsen liepen voor me uit naar de bank en daarna van boord. Toen we langs de douane liepen, draaide Mona zich naar me om: 'Je hoeft dus geen testers aan klanten te geven, tenzij ze er zelf om vragen. Doei.'

'Ja, tot ziens.'

Ze trippelden weg, door de tunnel naar de parkeerplaats. Ik stond even naar de bustijden te kijken, daarna liep ik dezelfde kant op. Er hing een geur van rozen en iets zurigs in de vertrekhal: Paris, Givenchy, Arpège.

12

Tine zat met haar benen voor haar borst tegen de radiator. Haar haar hing los. Ze had het sinds haar zwangerschap laten groeien en nu hing het tot ver op haar rug. Ze zat een beker yoghurt te eten en gaf Ditte af en toe een hapje. Ditte maakte hoge geluidjes en wipte wild heen en weer in haar wipstoel. Tine zette de beker weg en verborg haar gezicht achter haar haar: 'Is er nog nieuws van het werk?'

'Nee. Ja, we gaan badmutsen verkopen.'

'Leuk, zeg.'

'Ik moest je nog de groeten doen van die kleine uit de supermarkt.'

'Bedankt.'

'Ben je boos?'

'Nee.'

'Verdrietig?'

'Hou eens op. Nee.'

'Wat heb jij gedaan vandaag?'

Ze schudde haar gezicht vrij en boog zich lachend naar Ditte toe: 'Dáár was mama weer.'

En tegen mij, alweer zonder een spoor van een glimlach: 'Ziet het eruit alsof ik iets gedaan heb?'

De woning zag eruit als de dag ervoor. Overal was het een rotzooitje. Tine had trouwens een gordijn voor de garderobe in de hal gehangen en de plek omgedoopt tot 'het rommelhok'. Het was de bedoeling dat we al onze troep daarin zouden opbergen. We konden bijvoorbeeld ook de afvalzak daar neerzetten, wanneer we geen zin hadden om helemaal naar de stortkoker te lopen.

Moeder zei altijd dat gevoel voor orde 'gaandeweg' wel zou komen. Ik had die uitdrukking nooit begrepen. Het deed mij denken aan een weg waarop Tine en ik allebei alsmaar doorliepen. Moeder stond aan de kant bladeren bij elkaar te harken. Ik weet niet waar dat met die bladeren vandaan kwam; wij hadden nooit een tuin gehad. Tine zei dat ordelijkheid alleen voor oudere, knorrige mensen was. Moeder zei dat ze op haar woorden moest letten.

'Nou is 't gedaan met Kaatje,' zei moeder wanneer Tine uit de koekjestrommel bleef eten.

'Nou is de vrede afgesloten,' zei Tine wanneer de trommel leeg was.

'Nee, de vrede is gesloten,' zei ik vanachter het bureau. 'Als de vrede gesloten is, is hij net begonnen. Dan is de oorlog afgesloten.'

'Stomme koe,' zei Tine.

Bo was een uurtje langs geweest om naar de schommelstoel te kijken. Die stond op zijn kop midden in de kamer.

Een kapotte ligger en een klein, groen zaagje lagen bij de televisiegids boven op de televisie. Tine had de dag gebruikt om een lange lijst te maken met tv-programma's die ze de komende week wilde zien. De meeste waren Duits. Er lag ook een catalogus met de taxfreeproducten die op de veerboot te koop waren. Tine stond erop me te overhoren over alle producten en prijzen. Dat was volstrekt overbodig, want alle prijzen stonden op kleine kartonnetjes bij elk product in de parfumerie. Misschien wilde ze ook graag haar eigen kennis opfrissen. Het duurde nog minder dan een maand, voor ze weer aan het werk moest.

Ze verheugde zich erop. Ze had er behoefte aan om mensen te zien. Ze had letterlijk gezegd dat ze bijna uit haar vel knapte van verveling. Ik zei dat ik begreep wat ze bedoelde, maar dat dat niet kon, en dat wist ze zelf ook wel. Ik fantaseerde erover om de rest van mijn leven thuis te zitten. Ik schaamde me ervoor, maar ik kon de gedachte niet weerstaan. Een dienst op de veerboot of een halve dag naar Maribo ging nog net. Ik kon best een stukje wandelen en me inhouden, maar niet te lang achter elkaar.

13

Ik moest de nachtdienst in en Elsebeth had aan het eind van de middag gebeld om te vragen of ik een lift wilde. Ze had de auto van haar vader geleend en zou me om half-negen ophalen. We spraken af dat ik bij de bushalte in de Havnegade zou wachten. Het was 17 februari, maar de lucht voelde zacht aan. Het regende een beetje. Ik stond onder de lantaarnpaal met mijn capuchon op en mijn linnen tas in de hand. Elsebeth knipperde van veraf met haar lichten, stopte aan de kant van de weg en opende het portier voor me: 'Hoi, kom binnen, hier is het droog. Ben je er klaar voor?'

'Ja. Bedankt dat ik mee mocht rijden.'

'Dat moest er nog bij komen, zeg. En, Jane, denk je dat we vannacht wat te doen krijgen? Ze zeggen dat het in Zweden wintervakantie is. Ik vind Zweden écht leuke mensen.'

'Gisteren hadden we veel Zweden.'

'Ze kopen veel en ze zien er heel netjes uit. Wil je een gehaktbal?'

'Heb jij gehaktballen mee?'

'Onder in mijn tas. Pak maar. Ik heb er vijfentwintig, mijn moeder heeft als een idioot staan bakken.'

'Nee, dank je, ik heb net gegeten.'

'Wat hebben jullie gehad?'

'Gewoon een paar boterhammen.'

'Eet de kleine al met de pot mee?'

Ik knikte en zei: 'Ze wordt er al heel goed in.'

'Mm. Ik wil haar graag een keer zien. Carsten wil zo graag kinderen.'

'Hoe gaat het met hem?'

'Uitstekend. Hij is bezig een woning in Kopenhagen voor ons te regelen. Heb jij het studeren er helemaal aan gegeven?'

'Ja.'

'Wat zegt Tine daarvan? Ze is wel boos, zeker?'

'Nee, dat geloof ik niet. Wat moet jij met al die gehaktballetjes?'

'Ja maar, lieve kind, we moeten vannacht toch íéts eten? Misschien maken we er wel een gehaktballenfeestje van. Kun jij kaarten?'

'Nee.'

'Goddank. Dan moeten we er alleen nog voor zorgen dat die andere lui wakker geschud worden.'

Het was mijn derde nachtdienst. 's Nachts was je met twee man in de parfumerie. Deze keer werkte ik samen met Stephanie Christensen. Ze was 32 jaar en moeder van twee kleine meisjes. Ik had al een keer gevraagd hoe ze heetten, maar ik kon het antwoord niet verstaan. Ik wilde niet nog eens vragen. Alle bewegingen die Stephanie Christensen maakte, waren heel voorzichtig. Ik had nog nooit iemand zo zorgvuldig water over een theezakje zien uitgieten. Daarna liet ze het zakje ontelbare keren op en neer gaan in haar kopje. Als ze voor een klant een lippenstift of een bodylotion in de la moest zoeken, was ik af en toe bang dat ze omgevallen was. Het gebeurde ook wel dat de klant over de toonbank leunde om te kijken waar ze bleef. Haar haar stond recht overeind. Het stond stijf van de haarlak en bewoog niet, zelfs niet wanneer ze met een harde wind aan dek zat. Ik had dat een keer gezien in een pauze, op een dag dat ik behoefte had aan frisse lucht. De veerboot deinde en schommelde.

Vannacht zou een rustige nacht worden. Er was geen zuchtje wind. We telden de kas na en vulden een beetje bij. De veerboot voer af en de vrouw van de informatiebalie heette de passagiers welkom. Er kwamen geen klanten. Toen we halverwege waren, zei ik tegen Stephanie Christensen dat ik even boodschappen ging doen. Ik pakte mijn tas en liep naar de supermarkt. Ik keek rond en kocht een oranje speelgoedhondje voor Ditte. Tim en Lauge zaten op de lange inpaktafel aan de ene wand. Tim sloeg met zijn hand op het tafelblad om aan te geven dat ik naast hem moest komen zitten.

'Kom eens hier zitten,' zei hij, maar ik had slechte ervaringen met ergens op springen, dus bleef ik staan.

'Voor wie is dat? Heb jij kinderen?'

Hij wees naar het speelgoedhondje, dat ik nog niet in mijn tas had gestopt.

'Nee, dat is voor het dochtertje van mijn zus. Ken je Tine niet?'

'Nee. Moet ik haar kennen?'

'Ze werkt ook in de parfumerie. Ze is met zwangerschapsverlof, maar ze komt in maart weer terug.'

'O. Nee, ik werk hier nog niet zo lang. Ik ben in december begonnen.'

'Ik dacht dat je hier al veel langer werkte.'

'Nee, nee.'

'Hij kan gewoon heel goed een oude rot nadoen,' zei Lauge.

'Ik heb hiervoor op de veerboot naar Oslo gewerkt,' zei Tim.

'Maar jij komt toch uit Brandstrup, of niet?' vroeg ik.

'Jazeker, hoe weet jij dat?'

'Ik kan me je herinneren van een sportdag. Toen had je iets gebroken.'

'Mijn teen. Was jij daarbij?'

'Ja, het was met kogelstoten.'

'Idioot die je bent,' zei Lauge.

'Dat was in '77. Dat klopt.'

'Bij ons in de familie kunnen we goed dingen onthouden,' zei ik.

'Dat kun je wel zeggen.'

'Nou, ik moet maar eens terug.'

'Doe ze de groeten,' zei Lauge. 'Jullie hebben daar zeker ook niks te doen?'

Het was de hele overtocht doods en op de terugweg ook. Vlak voor we in de haven aankwamen, tegen middernacht, ging Elsebeth rond om mensen uit te nodigen gehaktballen te komen eten.

'En Gerda heeft lekker volkorenbrood,' zei ze terwijl ze over de toonbank heen een koraalkleurige lipgloss pakte. Ze draaide het dopje eraf en rook eraan: 'Mm, die had ik zo op, als die van mij was.'

Ze lachte van oor tot oor, gooide haar hoofd in haar nek en zei lachend: 'Mijn laatste lippenstift was in twee weken op.'

'Echt waar?' vroeg Stephanie Christensen fluisterend. 'Je moet eerst wat poeder op je lippen doen.'

'Poeder? Ik heb een hekel aan poeder. Is dat een Elizabeth Arden, die jij op hebt? Welk nummer?'

'Vierentwintig.'

Stephanie Christensen begon bij de testers te zoeken, maar Elsebeth liep achteruit de winkel uit en draaide zich vervolgens om: 'We zien elkaar in de haven. Ik haal even een pakje boter.'

'Da's goed.'

In de personeelsruimte konden veertien mensen rond de tafel zitten, dus vannacht waren er lege plekken. We waren maar met zijn achten in de taxfreewinkels. Lauge en Tim grepen meteen naar het pakje kaarten, maar Elsebeth begon te klagen: 'Hè, nou dacht ik net dat we het een beetje gezellig zouden maken.'

'Dat doen we toch ook,' zei Lauge.

'Wat een goeie moeder heb jij, zeg,' zei Palle en hij nam een flinke hap uit een gehaktbal.

'Ja, hè?' zei Elsebeth. 'Ze kan ook eend zo braden dat het vel aan alle kanten knapperig wordt.'

'Ook bovenop?' vroeg Gerda.

'Ook bovenop. Wie wil er wat rode bietjes bij?'

'Hoe gaat het met Ellis? Houdt ze het een beetje vol?'

'Het gaat fantastisch met haar, ze zit voor de hele familie te haken,' zei Palle, die al met gehaktbal nummer twee bezig was.

Ik zat naast Lauge en tegenover Tim. Telkens als hij een slag binnenhaalde, gooide hij zijn hand in de lucht en bewoog hij met zijn benen, waarbij hij onder tafel mijn kuit raakte.

'Au,' zei ik een paar keer.

'Schop ik jou steeds? Sorry,' zei Tim, maar hij raakte me de volgende keer toch weer. Hij glimlachte en zei: 'Wil je meedoen? We kunnen het ook met zijn drieën spelen.'

'Ik kan niet kaarten.'

'Dat kun je leren. Mag ik er nog eentje pakken?'

'Dat mag,' zei Elsebeth en ze liet de schaal naar hem doorgeven.

'Nee, dat leer ik nooit,' zei ik.

'Je moet je niet zo laten ontmoedigen. Kom maar eens bij me op schoot zitten.'

'Nou, nou, Tim,' zei Benny.

'Niet te brutaal, hè,' zei Palle.

Stephanie Christensen schudde ongelooflijk langzaam met haar kleine hoofd en haar hoge haar en zei: 'Tjonge jonge.'

'Zoals de waard is,' zei Tim.

'Zo is de waard helemaal niet,' zei Palle met volle mond.

Tijdens de nachtdienst voer je drie keer heen en weer tussen Duitsland en Denemarken. De vervelendste overvaart was de een-na-laatste richting Duitsland, tegen vieren. Er was niets te doen en mijn oogleden voelden loodzwaar aan. Ik was ook moe in mijn benen. Ik trok mijn schoenen uit en stond op sokken. Stephanie Christensen was achter de toonbank op de grond gaan liggen. Eigenlijk was het mijn beurt om uit te rusten, maar ik had geen zin. Ik was bang dat het veel te moeilijk zou zijn om weer wakker te worden, en tijdens de laatste overvaart vanuit Duitsland, 's ochtends vroeg, zou het best heel druk kunnen zijn.

Ik stond wat bij de kassa te hangen. Gerda kwam binnen en kocht een Tosca voor haar zus. Ik maakte de toonbank schoon met een doek en sorteerde de testers in de bak. Tim en Lauge slenterden langs met een paar cola in de hand: 'Kun je nog wakker blijven? Wij gaan even naar buiten voor wat frisse lucht, wil je mee?'

Lauge maakte een hoofdbeweging richting het dek, maar ik maakte een gebaar naar Stephanie Christensens kassa.

'Laat haar maar slapen. Er komt niemand. Het is overal uitgestorven.'

Ik knikte en stapte weer in mijn schoenen. Ze wachtten op me bij de trap en ik liep achter ze aan. Het ijzeren rooster van de traptreden weerklonk.

Geen van ons drieën had een jas aan. We stonden bij de reling en keken in het zwarte water beneden ons. Hoewel de lucht zacht was, kreeg ik het snel koud.

'Als we een goed eind in maart zijn, kun je op dit tijdstip de zonsopgang zien,' zei Lauge.

'Dat wordt schitterend,' zei Tim.

'Licht boven land,' citeerde ik de dichter J.P. Jacobsen.

'Verkas jij na de zomervakantie ook naar Kopenhagen?' vroeg Lauge.

'Nee, nee. Jullie?'

'Hij wel,' zei Tim. 'Hij wil boekhouder worden.'

'Helemaal niet.'

'En jij dan?' vroeg ik aan Tim.

'Ik? Ik weet het nog niet. Jij hebt het koud, hè?'

'Een beetje. Ik kan maar beter teruggaan naar beneden.'

'We lopen met je mee. Kom, ik zal je even verwarmen,' zei Lauge, maar Tim legde zijn arm even om mijn schouder, terwijl Lauge voor ons uit de trap afliep en verdween. Tim ademde vlak naast mijn oor, tot hij me losliet.

14

Tine had me vaak verteld hoe mooi het was om na een nachtdienst thuis te komen, en nu begreep ik wat ze bedoelde. De zon kwam op en ik zat in onze keuken een boterham met boter en honing te eten. Ditte lag op de grond op haar dekentje te keuvelen. Ik verlangde ernaar om in bed te kunnen kruipen. De rest van de dag was een rustdag en de volgende dag had ik vrij. Het had iets weldadigs de hele nacht wakker te zijn gebleven. Tine had ook verteld dat een heleboel mensen van de veerboot dat effect uitbuiten. Als je het hoofd liet hangen, hielp het als je om meer nachtdiensten vroeg.

Ik pakte het telefoonboek en controleerde een paar van de medewerkers. Marie Svendsen woonde in Errindlev. Palle en Ellis woonden blijkbaar het hele jaar in een zomerhuisje. Lauge woonde nog steeds thuis, maar Tim kon ik niet vinden. Ik wist ook niet wat zijn achternaam was. Laila uit de Minishop was getrouwd met ene Henry. Misschien was dat de broer van mevrouw Lund, daar kon ik niet achter komen. Zelf was ik nergens te vinden, ik zou pas in de volgende versie staan. Tine kwam in haar ochtendjas uit de slaapkamer, ze boog over me heen: 'Wie zoek je? Heb je een leuke man ontmoet?'

'Hoe kunnen Palle en Ellis een adres hebben bij het

Østersøbad?'

'Hebben ze dat? Ik dacht dat ze aan de Lindsvej woonden.'

'Dat dacht ik ook. Goh.'

Ik stond op en veegde de broodkruimels van de tafel in mijn hand.

'Gooi maar op de grond,' zei Tine. 'We moeten toch stofzuigen. Wie heb je ontmoet? Viggo soms?'

'Ik heb niemand ontmoet.'

'Viggo woont in Tirsted. Hij heeft een eigen huis.'

'Tine, Viggo interesseert me helemaal niet.'

'Je hebt ook Anders Carlsen nog. Zijn vrouw is net overleden.'

'Hou eens op, zeg.'

'Jens-Erik dan? Die bulkt van het geld.'

'Ik ga slapen. Kunnen we dat stofzuigen niet morgen doen?'

Tine knikte. 'Weet je wat, Jane, we wachten tot volgende week. Bo komt ook om aan de schommelstoel te werken en dat geeft veel rotzooi.'

'Vandaag?'

'Om twee uur pas,' antwoordde Tine met gespeeld schuldgevoel in haar stem: 'Hij wil zo graag. Hij wil ook mijn fiets wel repareren, zegt hij.'

'Ik ga slapen.'

'Slaap lekker.'

Ik sliep echt heel goed. Ik werd pas 's middags wakker, de

woning was leeg en in de kamer stond de schommelstoel op zijn kop, nog steeds met maar één ligger. Er lag zaagsel op de grond en Tine had een briefje op de salontafel neergelegd: 'We lopen even met Bo mee en gaan op de terugweg boodschappen doen.' Ik vouwde het briefje op en legde het in mijn kamer. Ik bewaarde altijd de briefjes die aan mij werden geschreven. Ik hield er niet van ze weg te gooien; ik stelde me voor dat ze op een dag de moeite waard zouden zijn om nog eens te lezen.

Het was bijna drie uur. Als Tine helemaal met Bo mee naar huis liep, dronk ze ongetwijfeld een kop koffie met mevrouw Lund, voor ze met Ditte terugliep. Ik wist niet wanneer ze waren vertrokken, maar ik besloot ze tegemoet te lopen.

Het weer was nog steeds ongebruikelijk zacht voor februari. Bij een aantal huizen waren al narcissen opgekomen en dat leek mij nogal vroeg. Ik overwoog om een paar suède laarzen te kopen als ik mijn eerste loon ontving. Tine vond dat ik drie meter jersey moest aanschaffen en een elastieken riem. Dan zou zij een pakje voor me maken. We hadden het er ook over gehad onze platenverzameling uit te breiden, maar eigenlijk leek het ons beter om de platen uit de bibliotheek op te nemen. Er waren genoeg dingen waar we het geld voor nodig hadden.

Bij de banketbakker aan de haven kocht ik voor ons allebei wat lekkers. Bij hotel Fugleflugten ging ik op een bankje zitten wachten. Ik was nu vlak bij de Kragesøvej waar mevrouw Lund woonde, maar ik kon niet aan komen stormen met mijn zakje, terwijl er niet genoeg was voor iedereen. Ik zat een poosje te wachten. Daarna liep ik naar de supermarkt en kocht ik een plastic tas, waar ik het papieren zakje in stopte. Maar op de hoek van de Kragesøvej bedacht ik me dat Tine, waar iedereen bij was, vast en zeker zou vragen naar de inhoud van de tas en dan was ik weer net zover. In plaats van de Kragesøvej in te slaan liep ik door, terwijl ik de inhoud van het zakje in een paar grote happen naar binnen werkte. Ik frommelde het zakje in elkaar, nog steeds met volle mond, en stopte de plastic tas in mijn achterzak. Toen ik me omdraaide om terug te lopen, kwam Tim met een brommer aan de hand uit een inrit aan de Strandagervej. Hij had een valhelm op, maar ik herkende zijn spijkerbroek. Ik deed alsof ik hem niet herkende, terwijl ik probeerde mijn mond leeg te krijgen. Dat lukte niet echt, ik liep nog steeds te slikken toen hij zijn helm afdeed en naar me lachte: 'Hé Jane, wat doe jij hier?'

'Ja, wat doe jij hier?'

'Woon je hier?'

'Jij woont hier toch helemaal niet?'

Toen zwegen we allebei, waarna we tegelijk antwoord gaven.

'Nee, mijn tante woont hier.'

'Ik ga mijn zus ophalen.'

Mijn tanden voelden plakkerig aan, ik liet mijn tong erlangs glijden terwijl ik glimlachend vroeg: 'Daar? Is Ester Hansen jouw tante?'

'Ja. Nou ja, ze is niet echt mijn tante.'

'Goh.'

We liepen samen over het trottoir. De brommer maakte wat lawaai, hij sloeg op het zadel, glimlachte en zei: 'Ik heb beloofd dat ik deze naar mijn neef in Hunseby zal rijden.'

'Dat is een lange rit.'

'Valt wel mee. Ik heb de wind in de rug.'

'Hoever is het?'

'Negentienenhalve kilometertjes. Wat ga jij morgen doen?'

'Morgen is mijn vrije dag, dat weet je toch?'

'Ja, wat ga je dan doen?'

'Niet zo heel veel, denk ik.'

'Ik heb een extra dienst genomen. Ze verwachten dat het druk wordt.'

'O, oké.'

'Maar dan zien we elkaar dus niet. Jij hebt immers vrij.'

'Ja. Maar zaterdag en zondag moet ik 's ochtends werken.'

'Dan zien we elkaar zondag. Geniet ervan.'

'Dank je.'

Hij startte de brommer en stapte erop, en er was iets bij die aanblik wat me niet aanstond. Ik moest er ook steeds aan denken dat hij 'negentienenhalve kilometertjes' had gezegd. Toen hij de weg op reed en ervandoor scheurde, draaide hij zich om en zwaaide hij een paar keer naar me. Ik sloeg de Kragesøvej in en ontdekte een beetje poedersuiker om mijn mond, die ik snel wegveegde.

De kinderwagen stond voor het huis. Ik zag ze door het keukenraam heen, Tine zat aan de eettafel te praten en te gebaren. Ze zag me en gooide haar armen in de lucht, mevrouw Lund stond op en kwam met een lichtblauw servet in de hand naar buiten: 'Jane, lieve kind, kom gauw binnen voor een appelbeignet. We hebben gewonnen met de toto.'

'Echt waar? Hoeveel?'

'Tweehonderdachtenzeventig kroon. Doe je jas uit.'

'De rijken vieren feest,' riep Tine.

'We hebben nu bijna geld genoeg voor een vlucht met de Concorde,' klonk het uit Bo's mond.

'Ach, ze plagen me voortdurend. Kom eens bij me, kindje.'

Mevrouw Lund rook altijd naar kamfercrème. Iedere keer als ze de afwas had gedaan, smeerde ze haar handen in met Camferine. De geur herinnerde ons aan moeders haarlak. Mevrouw Lund had kort krullend haar, dat ze liet doen door een dame die in een bestelauto rondreed en bij mensen thuis permanentjes zette. Het kostte maar honderd kroon. Haar krullen kietelden, ik zoende haar op de wang en stapte de keuken binnen. Ditte slaakte een gilletje toen ze mij zag, ik liep recht op haar af en tilde haar op. De kleine handjes graaiden naar mijn gezicht en ik hield haar heel dicht tegen me aan.

'Ho ho, niet te stijf vasthouden,' zei Bo.

'Maar wat heerlijk met dat geld,' zei ik. 'Wat zegt meneer Lund ervan?'

'Hij zit daarbinnen,' zei mevrouw Lund en legde vier appelbeignets voor mij op een schoteltje.

'Suiker of jam erbij?'

'Ik zit nogal vol. Ik geloof niet dat ik iets kan eten.'

'Jawel, dat kun je best.'

'Ik loop even naar binnen.'

Meneer Lund zat met zijn voeten op een bankje en de krant op schoot. Ditte begon te lachen toen ze hem zag en hij klakte met zijn tong.

'Kom eens bij die oude meneer,' zei hij. 'Wat lijkt ze toch op jullie moeder.'

'Ja, dat is zo. En op Tine.'

'Dat is van hetzelfde laken een pak.'

'Dat is maar hoe je het bekijkt.'

'Gaat het goed met je, Jane? Ben je blij met je werk?'

'Nou en of, meneer Lund. Gefeliciteerd met de toto.'

'Ja, dank je. Ga maar naar de keuken voor een appelbeignet.'

'Dank u.'

Het was bijna donker toen we naar huis liepen. We konden nog net een zak aardappelen kopen voordat de winkel om vijf uur dichtging. Tine wilde aardappelpuree met kabeljauwkuit maken, dan konden we dat alle drie eten. We besloten dat we de volgende dag naar het kerkhof zouden gaan. Het was lang geleden dat we er waren geweest en Tine had drie blauwe hyacinten in een vaasje van mevrouw Lund gekregen.

15

Tijdens mijn zondagsdienst sprak ik helemaal niet met Tim. Het was overal druk, de klanten stonden in lange rijen tot buiten de winkels. Ik zocht naar talkpoeder onder de toonbank en toen ik omhoogkwam, keek ik recht in de ogen van de elektricien, die Tine Abel had genoemd. We herkenden elkaar onmiddellijk.

'Het is druk vandaag,' zei hij.

'Zeg dat wel.'

'Kun je het een beetje volhouden?'

'Ja hoor, prima. Waar kan ik je mee helpen?'

Hij legde een papiertje op de toonbank en ik pakte de spullen. Visible Difference, White Linen en een eyeliner. Hij betaalde met een betaalcheque en ik kreeg de gelegenheid zijn echte naam te lezen op zijn identiteitsbewijs, terwijl ik het nummer op de achterkant van de betaalcheque schreef. Hij heette Aksel Hansen.

'Hartelijk dank. Nu wordt er iemand heel blij,' zei hij toen hij de tas aanpakte.

'Dat is mooi.'

'De vrouw van mijn broer. Die is grootverbruiker. Ik koop altijd spullen voor haar.'

'Ah, op die manier.'

'Ja. Nou, werk ze nog.'

'Dank je.'

's Middags noemde ik hem tegenover Tine.

'Die elektricien, die jullie Abel noemen, heet dus Aksel Hansen.'

'Wat een lelijke naam, zeg.'

'En al die spullen die hij koopt, zijn voor de vrouw van zijn broer. Niet voor zijn eigen vrouw.'

'Je kunt het niet eens goed uitspreken, Aksel Hansen. Er zitten veel te veel s'en in.'

'Het zijn er maar twee.'

'Ja, maar ze staan verkeerd. Je hebt iets in je oog.'

'Waar?'

'Je linker. Dáár.'

'Hier?'

'Vlak daarbij.'

Ze boog voorover naar me toe en maakte mijn ooghoek schoon.

'Zo, weg.'

'Dank je.'

'Moet jij niet snel je wenkbrauwen weer eens laten plukken?'

'Ja, inderdaad.'

'Ach, maar vandaag hebben we nergens zin in, of wel soms, Jane? Wat een lange week.'

Ik liep naar mijn kamer en ging op de vensterbank zitten. Ik kon de kerk zien, een stukje van de Havenschool en de populieren erachter. Als het aanlandige wind was, hoorde je op doordeweekse dagen de schoolbel helemaal tot hier aan toe. Het geluid van de bel had iets machteloos over zich. Alsof de bel het al op voorhand opgegeven had. Toen ik er zelf naartoe ging, vond ik niet dat hij zo klonk. Er school een andere kracht in, of het lag gewoon aan mij. Toen Tine in de hoogste klas zat, kocht ze een paar oordopjes die ze achter haar lange haar in had. Ze was het zat om al die flauwekul aan te horen, zei ze. Tijdens de lesuren was ze in haar eigen gedachten verzonken en als de leraren haar in de verte iets vroegen, liet ze haar ogen schitteren en glimlachte ze. Een tijd lang tekende ze schelpen in al haar kladschriften. Als de leerlingen voor het bord moesten verschijnen om rekensommen te maken of scheikundige formules op te schrijven, kwam Tine nooit naar voren. Ze glimlachte en schudde haar hoofd en dat was dan dat. Op een dag in het voorjaar was er een invalleerkracht die naar haar toeliep en op zijn hurken bij haar tafeltje ging zitten. Hij keek haar recht in haar ogen.

'Tine, kun je horen wat ik zeg?' fluisterde hij.

'Ja,' fluisterde ze en ze leunde naar voren.

'Wat zeg ik nu? Examen.'

'Bananen,' fluisterde Tine.

In de pauze werd ze bij de schoolarts geroepen en moest ze een gehoortest doen. Alles was zoals het moest zijn, maar Tine werd hevig verliefd op de invaller en begon zijn naam in alle schelpen te schrijven. Hij heette Lasse. Twee weken later stopte hij op school en vertrok naar Lapland om de Samen les te geven. Tine was doodongelukkig toen hij verdween. Ze lag in bed met een emmertje ernaast en een akelige uitdrukking op haar gezicht. Ik kwam twee ochtenden achter elkaar met een dienblad binnen, maar beide keren wuifde ze het eten weg en pakte in plaats daarvan mijn hand vast. Die legde ze op haar voorhoofd, dat koud en vochtig was. Ik stond de hele tijd te peinzen wanneer ik mijn hand weer zou mogen weghalen zonder haar te veel te kwetsen. Op de derde dag zat ze rechtop in bed en leek ze weer de oude toen ik binnenkwam.

'Goedemorgen, Jane,' zei ze. 'Ik blijf nog een extra dag thuis.'

'Mag dat wel?'

'Van wie? Van mama? Nee, natuurlijk mag dat niet. Geef me die pen eens even.'

Ze maakte een vuist en schreef een reeks getallen op de rug van haar hand. Ze ontspande haar hand en boog en strekte haar vingers een paar keer achter elkaar.

'Wat is dat?' vroeg ik.

'Een telefoonnummer. Van een jongen uit Maribo.'

'Wanneer heb je die ontmoet?'

'Laatst bij de sporthal. Hij heeft een auto.'

'Van hem zelf?'

'Nee, van zijn vader. Fijne dag verder.'

Ze pakte haar tas van de grond en begon erin te zoeken, en ik deed de deur dicht en ging naar school. Toen ik 's middags thuiskwam, lag ze op een deken op het terras te zonnen in haar spijkerbroek en een bikinitopje.

'Je bent niet goed snik. Het is nog veel te vroeg.'

'Dit jaar wil ik bruin worden.'

'De grond is veel te koud, straks word je ziek.'

'Ik blijf maar tien minuten liggen. Je moet het langzaam opbouwen.'

Ze deed haar ogen dicht. Ze had haar haar naar achteren gedaan, en de zon scheen recht in haar bleke gezicht. Haar armen lagen langs haar lichaam. Ik stond naar de zes cijfers op haar hand te kijken en herhaalde ze voor mezelf tot ik ze uit mijn hoofd kende. Daarna liep ik naar binnen en schreef het nummer op. Ik nam het telefoonboek mee naar mijn kamer en keek onder Maribo. Na zes pagina's gaf ik het op. Het zou veel te veel werk zijn om het nummer te vinden. Maar toen ik het telefoonboek dichtdeed en ermee op schoot zat, herkende ik het nummer op Tines hand in een advertentie op de achterkant. Het was van een rioleringsbedrijf aan de Refshalevej. Ik liep rustig terug naar de woonkamer, waar Tine onder een deken op de bank was gaan liggen.

'Dat telefoonnummer op je hand is van een rioleringsbedrijf,' zei ik.

Tine sloeg haar ogen op: 'Is dat zo? O. Nou ja. Dan heb ik het toch niet goed onthouden. Maakt ook niet uit. Kun jij niet een paar wentelteefjes maken?'

'Ja, dat is goed.'

De populieren achter de Havenschool leken bijzonder hoog. Tine en ik hadden het erover gehad dat het gezichtsbedrog moest zijn. Alle takken staken schuin omhoog, het deed denken aan tekeningen uit een boek met visuele illusies. Ik sprong van de vensterbank en liep naar haar toe in de woonkamer.

'Als jij zelf zou kunnen kiezen, waar zou je dan willen wonen?' vroeg ik.

'Hier, natuurlijk.'

'Hier in de straat?'

'Ja, of gewoon ergens anders in de buurt.'

'En waar dan?'

'Maakt niet uit. Nee, misschien aan de Laredo. Nee, aan het Rosenpark, in een huis met zes kamers.'

'Hebben ze daar zulke grote huizen?'

'Volgens mij wel. Hoezo?'

'Jij had het er ooit een keer over dat je ergens anders naartoe wilde verhuizen.'

'Echt waar? Waar zou dát dan moeten zijn?'

Ik haalde mijn schouders op: 'Ergens ver weg, in de rimboe.'

'In Næstved, bedoel je.'

'Haha.'

'Weet je, Jane, eigenlijk ben ik heel blij dat ik hier woon. Ik verveel me alleen af en toe.'

'Dat bedoel ik nou juist.'

'Verveel jij je dan nooit?'

'Nee, hoor. Niet echt.'

'Maar jij werkt ook.'

'Jij binnenkort ook weer.'

Dittes zachte gehuil klonk vanuit de kinderwagen bij het fietsenschuurtje. Ik trok Tines rubberlaarzen aan en liep naar beneden. Zodra ze me zag, hield ze op met huilen. Ik haalde haar voorzichtig uit haar tuigje en tilde haar op, terwijl ik de kinderwagen met mijn vrije hand in het schuurtje reed. Ze rook warm en schoon. Ik herinner me dat ik dacht: er is niets mis mee om hier te blijven.

De zon scheen op de grijze betonnen blokken. Met Ditte op de arm liep ik naar de portiek van Martin. Hij woonde op de begane grond, aan de linkerkant. Ik wilde hem uitnodigen om een kop koffie te komen drinken, maar er werd niet opengedaan toen ik aanbelde. Er stonden een paar versleten sportschoenen en een doos met lege glazen potjes voor de deur. Ditte sabbelde aan haar kleine, geballde vuistje. Ze had honger. Toen we weer buitenkwamen, zwaaide Tine vanuit de woning naar ons.

16

In het anderhalve jaar dat ik studeerde, woonde ik op kamers aan de haven van Næstved. Doordeweeks at ik veel pasta, zaterdag haalde ik patat bij een cafetaria in de buurt van het station. Als ik zat te eten, luisterde ik naar de radio. Alle geluiden uit de aangrenzende kamers deden mijn lichaam verstijven. Er woonde ook een stelletje, en verder een oudere man en nog een jong meisje van het eiland Præstø. Zij waste haar blouses met de hand in de gootsteen in de keuken. Ze boende en schrobde ze met een houten borstel, het zag er heel efficiënt uit. Daarna maakte ze een portie karnemelkvla. Ze kende het recept uit haar hoofd. Tot in oktober maakte zij haar huiswerk op het balkon, als het weer het toeliet. Ze studeerde fysiotherapie. Ze had een eigen telefoonaansluiting op haar kamer. Ik hoorde haar aan de andere kant van de muur praten, pauzeren en commentaar geven. Zij gebruikte op een natuurlijke manier een uitdrukking als 'tot in den treure'.

In december was ze op studiereis. Ik begon met haar bewegingen in de gemeenschappelijke ruimtes rond te lopen. Ik glimlachte zoals zij glimlachte. Ik zette zelfs een paar sokken in de week in een teiltje in de keuken. Ineens bedacht ik dat die sokken de andere bewoners misschien zouden storen. Ik droeg het teiltje naar mijn kamer en zette het onder mijn bureau. Ik wist niet hoe lang kleren in de week moesten staan. Na een paar dagen vergat ik het teiltje helemaal, tot ik er per ongeluk met mijn voet in ging staan. Toen waren mijn sokken verdacht slijmerig geworden.

Ik begon over mijn hele lichaam te rillen van die slijmerige sokken. Ik ging op bed liggen en bleef rillen. Ik wist niet precies of ik de rillingen misschien zelf veroorzaakte. Het bed kraakte. Ik stond op en deed een jas aan, fietste door de hoofdstraat naar de telefooncel en belde Tine.

'Hoi, Tine. Gaat alles goed?'

'Wat is er aan de hand? Je klinkt zo vreemd.'

'Ik begin ineens zo te rillen.'

'Dan moet je de verwarming hoger zetten.'

'Dat heb ik al gedaan. Dat is het niet. Gaat het goed met Ditte?'

'Heel goed. Ze heeft net op mijn hoofd gepoept.'

'Hoe kan dat nou?'

Tine lachte: 'Ik boog voorover bij de commode. Dat moet je dus niet doen.'

'Ik mis jullie.'

'Doe je wel iets?'

'Nee. Ik doe helemaal niks meer. Ik denk dat ik ermee stop.'

'Wat wil je dan?'

'Niks. Mag ik een poosje bij jullie wonen?'

'Natuurlijk mag dat. Ik vind alleen dat je er goed over na moet denken.'

'Ik doe niet anders.'

'Nee, maar slaap er nog maar een nachtje over. Misschien ziet alles er morgen een stuk rooskleuriger uit.'

Ik liep met mijn fiets aan de hand door de straten. De groenversiering zwaaide in de wind. Ik had al een besluit genomen, ik twijfelde geen moment. Toen ik terug was op mijn kamer, wrong ik de sokken uit en gooide ze weg. Ik ging op mijn bed liggen en probeerde of ik die akelige rillingen kon oproepen. Dat kon ik. Ik kon ze ook laten verdwijnen. Dan was het dus niet zo ernstig. Ik voelde me enorm opgelucht.

17

Op de dag dat Tine na haar zwangerschapsverlof begon met werken, hadden we samen ochtenddienst. We moesten om vijf uur opstaan, om Ditte om kwart over zes bij mevrouw Lund te kunnen afleveren. Meneer Lund nam ons vervolgens in de auto mee en zette ons bij de veerboot af. Ik was al doodop voor we aan boord waren. Tine niet. Die liep met rechte rug en ferme passen de trap op en af naar de veerboot. Ze had haar haar opgestoken en er zweefde een geur van Opium achter haar aan. Ik snelde achter haar aan. Ze lachte breeduit tegen de matrozen bij de loopbrug: 'Hallo allemaal. Dag, Jimmy.'

'Goedemorgen, Tine. Dat is lang geleden.'

'Welkom terug.'

'Goed je weer te zien, Tine.'

Ze maakte een snel rondje om nog een aantal mensen te begroeten, terwijl ik naar de parfumerie liep. Stephanie Christensen was er al en stond haar kassa klaar te maken. Haar lippen bewogen terwijl ze het wisselgeld telde. Dat ging heel langzaam. Toen het laatste muntstuk was geteld deed ze de la met een ping dicht en begroette mij.

'Hoi.'

'Hoi.'

'Zo.'

'Ja.'

'Alweer maandag.'

'Zo is het.'

De deur ging open en Tine stapte binnen. Ze glimlachte naar me en wendde zich vervolgens tot Stephanie Christensen: 'Hé, ouwe taaie.'

Stephanie Christensen zei iets wat klonk als 'hm'. Daarna liep ze naar Tine toe en stak haar hand uit, maar Tine deed nog een stap naar voren en sloeg beide armen om Stephanies schouders: 'Hoe gaat het met je dochters, Stephanie? Zijn ze groot geworden? Die van mij gaat waarschijnlijk binnenkort kruipen.'

'Gefeliciteerd met je kindje, Tine.'

'Wat zie jij er goed uit, zeg. Word je nog steeds geknipt bij Jacobsen?'

'Ja.'

'Wat is het heerlijk om terug te zijn. Tjonge, wat heb ik me daar op verheugd.'

Stephanie Christensen bleef maar knikken, en ik begon me al zorgen te maken, maar zodra Tine haar armen weghaalde en een stapje terug deed, hield het knikken op. Dat merkte Tine ook, want ze deed nog een keer een stap naar voren: 'Maar het gaat wel goed met je?'

Het hoofd hervatte zijn beweging, totdat Tine weer een stap achteruit deed. Ze glimlachte, maakte een armgebaar en begon haar wisselgeld na te tellen.

Al op de eerste overtocht waren er twee klanten die vroegen of we zussen waren. Een aantal anderen keek overduidelijk van de een naar de ander. Tine was in haar element. Ze gaf uitleg en advies, met een hele reeks tubes en flacons op de toonbank voor zich. Het zag er niet naar uit dat ze tijdens haar afwezigheid iets was vergeten. Majbritt en Anja van de supermarkt staken hun hoofden even naar binnen: 'Welkom terug, Tine. Kom je in de pauze bij ons langs?'

'Jeetje, wat is je haar lang geworden.'

'Jane en ik komen naar jullie toe,' zei Tine over het hoofd van een oudere, magere klant heen, en tegen de klant: 'Neemt u me niet kwalijk. Het is mijn eerste werkdag sinds lange tijd.'

'Geen probleem. Ik sta toch na te denken.'

'Neem maar zo veel tijd om na te denken als u wilt.'

Toen de veerboot aangekomen was, volgde ik Tine naar de supermarkt. De kassadames zaten al naast elkaar op de lange paktafel met hun breiwerkjes of koffiebekers in de hand. Tine nam een sigaret en stak hem op, ze bleef voor de paktafel staan. Ik liep langs een van de kassa's de supermarkt in. Lauge stond bij de rode wijn. Tim was bezig met het bijvullen van de schappen met chocolade. Toen hij mij zag, knikte hij naar de grond: 'Pak er maar eentje.'

Er lagen een paar beschadigde dozen met chocoladerepen. Ik pakte er een en hield hem dicht tegen mijn lichaam aan.

'Mijn zus is vandaag weer begonnen,' zei ik.

'O.'

'Ze staat daar verderop.'

Hij deed een pas achteruit en keek snel langs een plank met sigaretten.

'Jullie lijken helemaal niet op elkaar.'

'Jawel, hoor, we lijken echt op elkaar.'

'Echt waar? Ik vind jou knapper.'

'Hé, dat mag je niet zeggen. Ze is mijn zus, hoor.'

'Hm.'

Hij pakte een doos van de grond en raakte bij het omhoogkomen mijn heup aan. Ik stond wat onzeker op mijn benen. Zijn gezicht was dicht bij het mijne, dus liet ik mijn vingers door zijn haar gaan met een houding die niet bij me paste: 'Zeg, moet jij dit niet eens laten knippen?'

'Kun jij knippen?'

'Nee.'

'Jammer. Ik zou best door jou geknipt willen worden.'

Bij de wijnschappen klonk lawaai. Lauge vloekte en tierde, hij keek met een bleek gezicht achter de stelling vandaan: 'Fuck.'

'Hij draait een dubbele dienst. Hij heeft de hele nacht al gewerkt,' zei Tim.

'Arme ziel.'

'Er was een grote kerel die hem vroeg hoe laat we aankwamen. Toen zei Lauge: "Over een halfuur zijn we in Denemarken." Zegt die vent tegen hem: "Mafkees, we zijn onderweg naar Duitsland."'

'Ja, hou nou maar op,' zei Lauge vanachter de schappen.

We lachten hard, ook Lauge. Hij kwam naar ons toe en pakte een chocoladereep uit de doos op de grond. Hij at hem in een paar grote happen op en veegde zijn handen af aan zijn broek. Ik draaide me om en liep naar de kassa: 'Nou, tot kijk.'

'Tot kijk, Jane. Zullen we vandaag samen teruggaan, wil je meerijden?'

'Ben je met de auto?'

'Nee, maar Lauge wel.'

'Nee, dank je. Ik ga met mijn zus terug. We moeten haar dochtertje ophalen.'

'Een andere keer dan.'

Het was gigantisch druk op de terugreis en ook op de volgende twee overtochten. We hadden bijna geen tijd om pauze te nemen, want we moesten alles bijvullen en allerlei spullen bestellen. Toen we afsloten en naar de bank liepen, stonden de drie bruine geldzakken bol. Daarna gingen we van boord. Tim en Lauge haalden ons voor de douane in, Lauges benen waren lang en zagen er merkwaardig slap uit in zijn witte gympen.

'Lauge gaat vast naar huis om te slapen,' zei Tine tegen Stephanie Christensen, en tegen mij, zachtjes in mijn oor fluisterend: 'O, het is die andere waar jij aan loopt te denken.'

'Ik ben ook wel moe,' zei ik.

Maar Tine was niet moe. Ze liep de hele weg naar de

Kragesøvej in een rap tempo. Ze zei niet zo veel, maar ik merkte dat ze vrolijk was. Haar passen waren kort en soepel. Ze bleef maar glimlachen, ook toen ze met Ditte op schoot in de keuken van mevrouw Lund zat.

'Wanneer moet ik weer naar die schommelstoel komen kijken, Tine?' vroeg Bo vanuit zijn hoek.

'Wanneer je maar wilt, Bo,' zei Tine glimlachend.

'Dan loop ik maar meteen met jullie mee, denk ik.'

'Dat is prima. Je kunt ook wel blijven eten vanavond.'

Toen we in de bijkeuken klaarstonden om te vertrekken, liep mevrouw Lund naar Tine toe en zei: 'Dat is lief van je, Tine.'

'Dat is toch vanzelfsprekend, mevrouw Lund.'

Nu het maart was, was het licht feller geworden. De zon weerkaatste in de zijspiegels van de geparkeerde auto's en in de duwstang van de kinderwagen. De wagen piepte en kraakte, en Bo zei dat hij hem de volgende dag even zou smeren. Tine stopte en plukte een winterakoniet, hield hem Ditte voor die hem meteen pakte.

'Ben je niet goed wijs, joh?' riep Bo terwijl hij de bloem bij Ditte vandaan trok. 'Dat ding is giftig. Daar kan een paard nog aan doodgaan.'

'Nee, is dat écht waar?' vroeg Tine.

'Dat kan toch niet,' zei ik.

'Wat ontzettend dom van me. Dank je, Bo,' zei Tine glimlachend tegen hem, en we liepen verder zonder dat iemand een tijd lang iets zei.

18

Bo Lund had vroeg in zijn leven een aantal drama's meegemaakt. Als twaalfjarige had hij een garagedeur geopend en het buurmeisje bungelend aan een touw aangetroffen. Mevrouw Lund had hem gevraagd naar de buren te gaan om wat aardappelen te lenen. De buurvrouw stond in de keuken kerrie te maken. Ze glimlachte en zei dat hij zoveel mocht pakken als hij maar wilde, ze lagen in een kistje in de garage. Bo pakte vier aardappelen, terwijl hij onafgebroken naar het bungelende lichaam bleef kijken. Hij rende terug naar huis en gooide de aardappels in de gootsteen.

Een jaar later was hij op bezoek in een huis dat door een Volkswagen werd geramd.

Hij had een kwetsbare kant ontwikkeld. Ze hadden hem beloofd dat hij zo lang als hij wilde thuis mocht blijven wonen. Dat soort dingen moet je kinderen beloven, zei mevrouw Lund. 'Thuis' was ook altijd dezelfde plek geweest. Hij was op kerstavond in het tweepersoonsbed aan de Kragesøvej geboren. De eend in de oven droogde ondertussen uit. Meneer Lund stond een eeuwigheid buiten sneeuw te ruimen. De laarzen van de vroedvrouw stonden onder het afdakje. Om kwart over vijf klonk er babygehuil uit het huis, en meneer Lund stormde naar binnen en vond mevrouw Lund met de jongen in haar armen. Een paar uur later ver-

deelden ze de eend, die op dat moment nog maar de groot-
te van een duif had, en er waren geen saus en gebakken aardappelen bij, maar nooit had iets zó lekker gesmaakt. De
vroedvrouw had geprobeerd mevrouw Lund over te halen
om voor de zekerheid naar het ziekenhuis te gaan. Daar kon
geen sprake van zijn. Mevrouw Lund wilde blijven waar ze
was. Ook Bo bleef waar hij was, zelfs dertig jaar later nog.

Hij was in de woonkamer bezig met het schaven van een
plank. Ik lag op de bank van moeder naar hem te kijken.
De schommelstoel stond op zijn kop en de houtsnippers
vlogen in het rond. Tine stond in de badkamer te neuriën,
ze was bezig nieuwe make-up aan te brengen.

'Wat is de bedoeling van die plank?' vroeg ik.

'Die is voor de stabiliteit. Overdwars, aan de onderkant. Je
moet je voorstellen dat ie hier komt te zitten,' zei Bo wijzend.

'O.'

'Precies.'

Het schaven ging verder. Ik vroeg me af of er straks nog
een plank over zou zijn. Maar toen stopte hij, veegde het
zweet van zijn voorhoofd en plaatste de plank op de plek
waar hij zou moeten komen. Hij paste perfect.

'Nee, zo kan het niet,' zei hij.

'Het zag er anders prima uit.'

'Het is waardeloos. Nog maar even doorzetten, zoals wij
altijd zeggen.'

'Is hij dan nog niet klaar?'

'Nog lang niet.'

Tine kwam binnen en vroeg of hij worstjes of brood wilde als avondeten.

'Wat heb je bij die worstjes?' vroeg Bo.

'Brood.'

'O, dan moest ik maar eens naar huis,' zei Bo lachend.

Hij had de schommelstoel de schommelstoel gelaten en was naast me op de bank komen zitten. Ditte was op mijn schoot in slaap gevallen, de deken op haar borst ging op en neer.

'Daar zitten we dan, een vreedzaam gezelschap,' zei Bo.

Precies op het moment dat Tine de pan met worstjes op de salontafel had gezet, werd er aangebeld. Ik liep naar de deur en deed open, en daar stonden Lauge en Tim in hun donsjacks met een pak sinaasappelsap in de hand. Lauge lachte breeduit: 'Hoi. Sorry dat we ons zo opdringen.'

'Zijn jullie het? Wat doen jullie hier?'

'We waren op verkenningstocht en toen zei ik tegen Tim dat jullie hier woonden.'

'We kwamen hierlangs,' zei Tim.

'Goh, ben jij alweer wakker, Lauge?' vroeg Tine achter mij, en achter haar groette Bo: 'Hoi.'

'Jullie mogen wel binnenkomen, dan kunnen jullie ook een worstje krijgen,' zei ik. 'We gaan net eten.'

'Nee, dank je. We hebben al gegeten.'

'Nou, een glas water dan en een plek om te zitten,' zei Tine en ze stapte opzij, zodat ze langs de rommelkast konden. Tim keek mij aan. Zijn ogen hadden iets verlegens. Ik draaide me om en Lauge en hij volgden me naar de kamer, maar bleven staan toen ik op de bank ging zitten.

'Ga toch zitten,' zei Tine die ketchup en mosterd op het tafeltje zette. 'En pak jij maar gewoon, Bo.'

'Oké, bedankt.'

Bo begon een sierlijke hotdog te fabriceren.

'We wilden graag zien hoe jullie woonden,' zei Lauge.

'De sinaasappelsap is voor jullie,' zei Tim, en toen lachten we allemaal.

'Nou, hier wonen wij dus.'

Tine strooide gebakken uitjes op haar bordje en legde er twee worstjes naast. Ze pakte er ook eentje voor mij en hield hem mij voor, maar ik schudde mijn hoofd; ik wilde even wachten. Ze legde het worstje terug in de pan.

'Tims vriendin komt in de volgende portiek te wonen,' zei Lauge.

'Op nummer 42?' vroeg Bo, en Tim knikte kort.

'Ja, op de tweede verdieping.'

'Wie is dat dan, Tim, jouw vriendin?' vroeg Tine.

'De halfzus van Bjarke,' zei Lauge.

'Birgitte? Zit die niet in Amerika?'

'Ze komt wat eerder terug,' zei Tim.

'Hoelang kennen jullie elkaar al?'

'Een paar jaar. Maar het is nogal op en neer gegaan.'

'Ja, jij werkte natuurlijk ook op de veerboot naar Oslo,' zei ik en hij knikte weer zonder me aan te kijken.

Ze waren niet van plan om lang te blijven, zeiden ze. Lauge zat voortdurend te gapen. Hij vroeg of Tim de rest van de woning niet wilde zien, voor ze weggingen. Onze woning was het spiegelbeeld van die waar Birgitte zou gaan wonen. Ik liet hem de keuken, de badkamer en de slaapkamer zien. Uiteindelijk stonden we in de deuropening van mijn kamer en keken we naar alle stapels die daar lagen. Er was weinig licht, ik had nog steeds alleen de gele lamp staan. Mijn bed was onopgemaakt, het dekbed lag half op de grond. Maar het raam stond op het haakje en de koele lucht vulde de kamer.

'Die is mooi groot,' zei Tim.

'Ja. Het is prima.'

Mijn armen hingen langs mijn lichaam. Het enige waar ik aan dacht was terug te gaan naar de kamer. We stonden zo dicht bij elkaar dat ik rook dat hij zijn haar gewassen had. We gingen de kamer niet binnen, iets hield ons tegen.

'Slaap jij altijd in deze kou?' vroeg hij.

'Nee, hoor. Ik heb gewoon vergeten het raam dicht te doen.'

'O, op die manier. Dan ben ik een stuk geruster,' zei hij glimlachend, en ik lachte terug met mijn ene wenkbrauw opgetrokken, opgewekter dan ik zelf wilde.

Maar toen gingen ze toch niet naar huis. Tine had wat wodka, die we mixten met hun sinaasappelsap. We dronken uit hoge cocktailglazen, behalve Bo die het bij zwarte koffie hield. Hij dronk bijna nooit iets anders.

'Ik hou niet van de smaak van alcohol,' zei hij.

Tine had me verteld dat hij bang was dat hij de controle over zichzelf verloor. Hij was op school een keer dronken geworden en als een nachtkaars uitgegaan. Toen hij weer tot zichzelf kwam, zat hij in zijn blote gat in de border van mevrouw Lund met een bloempot op zijn hoofd. Niemand wist hoe hij daar was beland.

'Je kunt toch geen bloempot op je hoofd hebben, die is veel te zwaar,' zei ik tegen Tine.

'Nou, volgens het verhaal dus wel. Je moet nooit tegen Bo zeggen dat je het weet.'

'Dat zou ik nooit doen.'

Hij schonk de laatste druppels uit de thermoskan in zijn beker, terwijl wij met elkaar proostten. Hij gooide de koffie achterover en stond op: 'Nou, ik ga ervantussen.'

'Doei, Bo.'

'Tot kijk.'

Toen hij de deur achter zich liet dichtvallen, was het een poosje stil in de woonkamer. We hoorden de werkklompen de trap af gaan en de portiekdeur met een klap dichtvallen. Lauge boog voorover en schonk zich met een tevreden geluid een nieuwe wodka-jus in: 'Ah, dat smaakt goed. Willen jullie niet?'

'Voor mij een kleintje,' zei Tim.

'Ik ook,' zei Tine. 'Een kleine grote.'

'Ik ook.'

De jus d'orange was snel op en geen van ons had zin om

pure wodka te drinken. Tine zette verschillende flessen op tafel, whisky en cognac en zelfs chocoladelikeur: 'Mijn zus is namelijk een zoetekauw.'

Eigenlijk kon ik niet meer op, want ik was al draaierig van de wodka-jus en bovendien niet in een feeststemming. Lauge wel, zijn lange armen en benen zwaaiden door de lucht. Naast mij leunde Tim achterover, ik voelde de druk van de bank. Tine voerde het woord. Ze vertelde verhalen over mensen met wie ze in de loop van de tijd had gewerkt, hun eigenaardigheden en gebreken. Haar haar vloog heen en weer over haar gezicht, ze lachte na elke zin, haar ogen schitterden: 'Hans Larsen van verderop in de straat, in zijn matrozenkleding.'

'Hij ruilde een slof sigaretten voor vier watermeloenen bij een vrachtwagenchauffeur.'

'Toen liet hij er drie vallen, boven aan de trap naar het vrachtwagendek. Een dikke vrouw stond onderaan te gillen.'

Lauge lachte met zijn hele lijf, en toen sprong Tine op en zette een plaat op: 'Jarenzeventigmuziek!'

'Nee, dit is toch veel ouder! Veel ouder!'

Ze ging weer bij de salontafel zitten, dronk, proostte en praatte tot ze haar glas leeg had en niet meer kon drinken, niet meer kon praten, stil werd en een beetje in de stoel onderuitzakte. De plaat speelde tot hij was afgelopen, er werd geen nieuwe opgezet.

'Nu ga ik slapen,' zei ze. 'Ik ben moe. Ik heb weer een ochtenddienst.'

'Ditte kan wel bij mij blijven,' zei ik.

'Nee. Ik breng haar naar mevrouw Lund. Dat hebben we afgesproken.'

'Heb je morgen vrij?' vroeg Lauge.

'Nee, ik heb middagdienst,' antwoordde ik.

Toen Tine afscheid had genomen, maakte Tim aanstalten om weg te gaan. Lauge was nog niet mee te krijgen. Hij schonk nog eens bij, dronk en praatte in veel te lange zinnen. Uiteindelijk stond Tim op en begon op te ruimen. Ik liep hem achterna. Hij zette de spullen op de keukentafel en draaide zich om om terug te gaan, maar ik riep: 'Trouwens, Tim.'

'Wat?'

'Waarom heb je niet over Birgitte verteld?'

Hij glimlachte scheef en haalde zijn schouders op: 'Ze was zo ver weg. Ik had niet verwacht dat ze al terug zou komen.'

Ik wist niet meer wat ik moest zeggen. Ik stond de hele tijd te knikken. Tim knikte ook. We bleven maar knikken. In de woonkamer gooide Lauge iets om en hij vloekte. Ik pakte de rol keukenpapier, liep naar binnen en maakte de boel schoon. Lauge zat met zijn voeten op de salontafel en bestudeerde de hoes van een grammofoonplaat.

'Ik ga nu weg,' zei Tim.

'Ik moet dit nog even opdrinken, dan ga ik ook,' zei Lauge.

Toen Tim de deur achter zich had dichtgegooid, ging ik

op de bank zitten. Lauge kwam met de platenhoes naast me zitten.

'Moet je die drummer hier eens zien,' zei hij en hij begon me te zoenen.

Hij rook naar waspoeder of wasverzachter. Ik dacht eraan dat hij nog steeds thuis woonde. We gingen op de bank liggen, zijn haar viel over zijn voorhoofd op een manier die hem niet stond, en alle knopen zaten veel te vast in hun knoopsgaten. Vervolgens waren er overal armen en benen, veel te veel armen en benen, ik had medelijden met al die onrustige ledematen en sloeg mijn eigen armen en benen om hem heen. Zijn schouders waren gelukkig redelijk breed, breder dan ik had verwacht. Ik hield me stevig vast. Ik zei lieve dingetjes tegen hem. Hij lag vlak voor mijn gezicht te blazen: 'Meen je dat? Meen je dat echt? Jij bent mooi.'

'Dank je.'

'Meen je echt wat je zegt?'

'Ja, ja.'

Onze woordenwisseling ging door, tot er niets meer te hijgen viel. Ik hield nog steeds zijn schouders goed vast, hij werd zwaarder. Hij gleed naast me neer. Hij rook nu meer naar zweet, helemaal niet onaangenaam, en zijn gezicht kreeg iets zachts, wat ik echt heel leuk vond. Het viel me op dat zijn ogen mooi groen waren. Hij keek me recht aan. We lagen te fluisteren, hij hield me ergens op de bank bij mijn hand vast. Het voelde warm en heel goed. Ik dacht: je kunt ook volstrekt niet op jezelf aan. Als ik nu zei dat ik verliefd op hem was, zou dat niet eens gelogen zijn.

Maar toen hij rechtop ging zetten en zijn gele overhemd aantrok, waren zijn benen nog steeds te lang. Hij kreeg zijn eigen stem terug.

'Zal ik er nog eentje nemen?' vroeg hij en hij boog zich voorover naar de flessen op tafel. Hij pakte ook een sigaret uit het pakje van Tine en stak hem aan.

'Jij rookt toch helemaal niet,' merkte ik op.

'Jawel, bij speciale gelegenheden.'

Hij glimlachte. Ik glimlachte terug. Ik hield niet van de uitdrukking 'speciale gelegenheden' in deze situatie. Ik zoende hem in zijn hals. Toen hij klaar was met roken en drinken, stond hij op. Hij deed de rest van zijn kleren aan, hij wankelde een beetje.

'Waar kennen jullie Bo Lund eigenlijk van? Wat een vreemde snuiter is dat.'

'Hij is zo'n beetje een neef van ons.'

'O, oké.'

Ik volgde hem tot in het trappenhuis. Hij boog helemaal naar beneden en zoende me op mijn mond.

'Zien we elkaar morgen nog?' vroeg hij. 'Ik heb weer nachtdienst.'

'Dan zal het niet gaan, denk ik.'

'Misschien kunnen we een keertje uit eten gaan? Wanneer hebben ze ook weer palingfeest in Bandholm?'

'Eerlijk gezegd ben ik niet zo gek op paling,' zei ik.

19

De volgende dag voelde ik me een ontzettende kluns. Ik kon niet zeggen waarom. Ik had een paar uur voor mezelf in de flat, voor ik naar mijn werk moest. Ik probeerde verschillende schoenen en halskettingen uit bij mijn uniform, maar er was niets bij wat echt goed stond. Uiteindelijk deed ik witte nylonsokken en een paar van Tines bruine damesschoenen aan. Daar had ik op weg naar de bushalte al spijt van, maar ik had geen tijd om terug te gaan.

Het regende, de berm was drassig. Ik zag een plas over het hoofd en er spoot modder op mijn ene been. Terwijl ik op de bus zat te wachten, probeerde ik de modder weg te wassen met water uit een andere plas. Dat lukte redelijk, maar ik kwam met mijn ene mouw in het water. Gelukkig had ik mijn paraplu mee, dus mijn haar was nog steeds droog en zat zoals het moest zitten. Toen de bus in de verte verscheen, ging ik onder mijn paraplu langs de kant van de weg staan.

Mona en Marie Svendsen zaten voorin. Mona's haar was op een heel kunstige manier boven op haar hoofd gedrapeerd. Aan elk van haar kleine oren bungelde een blauw sieraad. Ze knikte toen ik langsliep. Marie Svendsen glimlachte zonder haar mond te openen.

'Hé, lekker ding,' klonk het uit Elsebeths mond achter in de bus.

Ik ging naast haar zitten en we lachten hard om iets, misschien om haar begroeting, het geluid dat de bus maakte of onze identieke turkooise oogschaduw in dit ongelooflijk trieste weer. Mona en Marie Svendsen draaiden zich in de bijna lege bus naar ons om. Marie Svendsen keek vragend, maar Elsebeth schudde alleen haar hoofd en zwaaide afwerend, terwijl ze maar bleef lachen.

'Je hebt witte sokken aan,' zei Mona toen we de parfumerie binnenkwamen en onze jassen en tassen weghingen. De paraplu's konden naast de kassa van Marie Svendsen staan uitdruppen.

'Ja, het zijn witte,' zei ik, maar dat hoorde Mona niet, want er waren nieuwe artikelen en testers gekomen van Balmain en Guerlain, en het hele assortiment zomerkleuren van Lancôme.

'Moet je die lichte oogschaduw toch eens zien. Ik zei toch dat deze zomer alles perzik zou worden?'

Ze begon meteen een laagje onder haar wenkbrauwen aan te brengen, ze trok een van de lampen helemaal naar de spiegel toe. De kleur stond haar bijzonder goed. Marie Svendsen sloeg de handen ineen: 'Wat staat die je goed, zeg.'

Mona kon gewoon niet stil blijven staan, haar onderarmen bleven wapperen: 'Kijk eens, er is ook parelpoeder. En er zijn extra testers. Dan kunnen we die mee naar huis nemen, Marie.'

'Mooi,' zei Marie Svendsen terwijl ze Shalimar in haar beide mouwen spoot.

In de platte schoenen van Tine had ik een veel te goed contact met de vloer. Moeder had me een keer tegengehouden toen ik thuis door de woonkamer liep: 'Jane, kun jij niet gewoon lopen?' vroeg ze.

'Ik loop gewoon,' antwoordde ik.

Ik was elf jaar en wilde een woordenboek uit mijn schooltas pakken. Ik moest zien of het woord 'bekomst' echt bestond. Dat rijmde op 'domst'.

'Ja, maar je loopt ongelooflijk zwaar. Je loopt op je hakken.'

'Zo loopt Jane altijd al,' zei Tine met een volle mond vanuit de keuken.

'Het lijkt wel of er een kudde olifanten voorbijtrekt,' zei moeder.

Vanaf dat moment heb ik mezelf er voortdurend aan herinnerd dat ik eerst mijn tenen op de grond moet zetten. Dat is echt moeilijk als je damesschoenen aanhebt. Toen de veerboot afvoer, liep ik achterom om de glazen deuren open te doen. Ik zag mezelf in volle lengte in de spiegel aan de zijkant van de winkel, mijn benen leken wel twee witte bonenstaken.

Op de laatste overtocht vanuit Duitsland zag ik de man die Tine Abel had genoemd in een rij bij de supermarkt staan. Ik was er met een paar kartonnen dozen naartoe gelopen en had achter de winkel een paar woorden met Tim gewisseld. Hij vroeg of het nog laat was geworden met Lauge. Ik zei dat het wel meeviel. Ik was wat kortaf en liep langs een van de kassa's naar buiten, met de blik van Abel in mijn rug. Ik was er zeker van dat hij naar me keek.

Even later kwam hij de parfumerie binnen en liep naar mijn kassa toe. Mona en Marie Svendsen hielden ons in de gaten, zag ik. Er was maar één klant in de winkel, een vrouw die rondkeek, dus ze hadden niets te doen.

'Hoi.'

Hij glimlachte naar me. Hij had een zwart jack en een spijkerbroek aan, en onder zijn jack iets wits. Het was maar goed dat hij mijn sokken van zijn kant van de toonbank niet kon zien.

'Hoi. Ben je klaar met je werk in Duitsland?'

'Nee, maar ik ga naar huis, ik heb een weekje vrij. Thuis heb ik ook nog een leven.'

'Kun je in Brønshøj geen werk vinden?'

'Jawel. Maar in Duitsland betaalt het goed. Ben je nu vrij?'

Ik knikte: 'Als we in de haven zijn. Waar kan ik je mee helpen?'

'Ik wil graag een zeepje.'

'Ja?'

'Kun je me vertellen welke zeep de allerbeste is? De zeep die jij het allerlekkerste vindt?'

'Kenzo,' zei ik en daarop klonk het uit de monden van Mona en Marie Svendsen bij hun kassa vandaan: 'Kenzo.'

'Ja, Kenzo.'

Hij keek van de een naar de ander en we lachten allemaal.

'Dat is de beste,' zei Mona knikkend, voor ze zich om-draaide naar de andere klant in de winkel, die inmiddels een beslissing genomen had. Marie Svendsen liep naar haar toe om te helpen met een kleurenkaart voor nagels.

'Het is wel een heel dure zeep,' zei ik.

'Ik wil er graag twee.'

Hij haalde zijn chequeboekje tevoorschijn, en ik sloeg de zeep aan op de kassa en wilde ze in een tasje doen, maar hij hield me tegen, en zei met een lage stem: 'Die ene is voor jou.'

'Dat kan ik niet aannemen.'

'Jawel, dat kun je best. Bedankt.'

Hij liep de winkel uit en glimlachte naar me over zijn schouder. Ik pakte de zeep en legde hem snel in mijn tas onder de toonbank, onder de geldzak en de twee pakken koffie die ik tijdens de vorige overtocht had gekocht.

Toen ik van boord ging, was het zware gevoel in mijn onderstel verdwenen.

Tine zat thuis op me te wachten met gehaktballen en bruine jus.

De schommelstoel stond waar hij steeds had gestaan, op zijn kop en met houtsnippers eromheen op de grond.

'Wat is er gebeurd?' vroeg Tine, en ik ging naast haar zitten.

20

Tine kon zo uitbundig zijn dat mijn eigen blijdschap verdween. Ze stond op de bank te springen en klapte in haar handen, haar stem werd luid en helder. Ik moest het verloop van de gebeurtenis met Abel meerdere malen tot in detail vertellen.

'Hij is duidelijk in je geïnteresseerd. Ben je niet dolgelukkig?' vroeg ze.

'Dat weet ik eigenlijk niet.'

Af en toe zag ik mezelf als een silo aan de rand van een geploegde akker. Ik wist niet wat erin zat. Misschien zat er wel niks in. Ik dacht ook aan hoe anderen me zagen. Ze mochten me wel opmerken, maar ook niet meer dan dat. Ik zei het tegen Tine: 'Ik voel me net een silo.'

Ze fronste haar wenkbrauwen: 'Ben je soms weer aangekomen? Dan moeten we maar een poosje rauwkost eten.'

De dagen van Tine speelden zich af in de driehoek gevormd door onze buurt, de veerboot en mevrouw Lund. Ze suisde als een frisse wind door Rødbyhavn, met of zonder kinderwagen. Om zich heen zette ze allerlei beweging in gang. Vrouwen maakten armgebaren, werklieden draaiden zich om in hun auto. Mevrouw Lund had op de vuilnisbelt een yucca gevonden en gaf hem aan Tine, toen we op een dag Ditte samen kwamen ophalen. Op de terugweg zette Tine de plant in de kinderwagen. Ik vond het een uiterst pijnlijke vertoning, dus bleef ik een beetje achter. Tijdens die wandeling ontdekte ik ook iets anders aan de omgeving als Tine voorbijkwam. Meerdere keren schudden de mensen het hoofd, en een paar dagen later herhaalde zich dat.

We werkten samen in de parfumerie. We losten Jut en Jul af. Jut had tijdens de laatste overtocht tijd over gehad, dus had ze de bestellijst ingevuld, hoewel dat eigenlijk iets voor de ochtendploeg was. Tine vloog haar om de hals: 'Ellinor, je bent een schat. Echt waar.'

'Graag gedaan.'

'Je bent echt een schat. Je bent een goed mens, echt.'

'Dank je. Werk ze.'

Jut wist zich eindelijk los te wringen, en ze draaide zich om en liep naar de uitgang. Daar zag ik Jul haar hoofd schudden. Ik volgde Tine de parfumerie in, ze was al bezig een tester voor zichzelf uit te zoeken.

'Je was wel héél blij, hè?'

Ze keek me aan: 'Ja, natuurlijk was ik blij. Nu hebben we veel meer tijd.'

'Had je niet op een gewone, rustige manier dankjewel kunnen zeggen?'

'Wat bedoel je?'

'Niks.'

Ik legde mijn draagtas onder de kassa. Tine gooide de hare over haar schouder.

'Moet ik een cola voor je meenemen?'

'Nee, dank je.'

'Snoep dan?'

'Nee. Tine, heb je niet te veel oogschaduw op?'

'Volgens mij niet.' Ze leunde voorover en keek in de spiegel: 'Ziet het er niet mooi uit? Het moet een beetje naar boven doorlopen.'

'Misschien wel.'

'Ik ben even weg.'

'Doe ze de groeten.'

Abel zou op de volgende overtocht uit Duitsland aan boord zijn. Dat had hij me twee dagen daarvoor verteld. Ik had het niet tegen Tine gezegd. Ze had de Kenzo-zeep op de secretaire in de woonkamer neergelegd.

'Dan kan hij daar liggen geuren.'

'Wat ruikt daar zo verrekte lekker?' vroeg Bo de volgende keer dat hij zat te schaven.

'Dat is een zeep van Janes vent.'

'Heb jij een vent, Jane? Kijk eens aan.'

'Haha.'

Ik stond in de keuken mijn geld te tellen. Ik wilde Bo achter Tines rug om vijftig kroon geven. Maar ik had maar tweeënveertigenhalve kroon contant geld en ik vond dat een gek bedrag om mee aan te komen. Toen Tine naar de slaapkamer was om Ditte naar bed te brengen, ging ik naast Bo op de grond zitten: 'Ik wil je graag betalen, maar ik heb maar tweeënveertigenhalve kroon.'

'Nee, nee, ik hoef niets te hebben.'

'Jawel.'

'Koop maar een keer een slof sigaretten voor me.'

'Dat is goed. Dat doe ik.'

'Wie is die vent nou?'

'Hou daar eens over op. Er is helemaal niemand.'

'Is het Kim Hansen?'

'Nee, hou op zeg. Waarom denk je dat?'

'Dat zeggen ze.'

'Die heb ik al meer dan twee jaar niet gezien.'

'Hij loopt in Errindlev rond te bazuinen dat jullie je gaan verloven.'

Tine stak haar hoofd de kamer binnen: 'Wie gaan zich verloven?'

'Jane gaat zich verloven met Kim Hansen. Dat zegt hij in ieder geval.'

'Jij luistert met je klompen, Bo. Dat is Jane niet, dat is Ane Mathiesen.'

'Aha. Dan snap ik het.'

'Hoeveel mensen heb je dit verteld?' vroeg ik.

Bo keek naar de grond: 'Ik praat toch nooit met iemand anders dan jullie.'

In de pauze na de eerste overtocht zag Tine Abel voor de Minishop. Ze kwam de parfumerie binnenstormen, ik was nog steeds bezig aan mijn kant bij te vullen.

'Hij is aan boord. Ik doe de winkel wel.'

'Maar wat moet ik dan doen?'

'Allereerst moet je je haar doen. Als hij binnenkomt, vraag je of hij meegaat aan dek.'

'Dat doe ik zéker niet.'

'Waarom niet?'

'Stel dat hij nee zegt? Ik weet trouwens niet waar we het over zouden moeten hebben.'

'Natuurlijk zegt hij geen nee, als hij je zeep cadeau doet.'

Abels gezicht verscheen voor de glazen deur. Daarna volgde zijn lichaam in een spijkerbroek en T-shirt, hij zwaaide naar me. Ik zwaaide terug, en Tine zwaaide ook.

'Ga nou naar hem toe,' zei ze vanuit haar ene mondhoek.

'Hou nou eens op, Tine.'

'Nee, hè.'

Ze sloeg met haar handen op de toonbank. Ik ging terug naar mijn schappen, pakte dozen en tubes en vulde bij. Voor we afvoeren, liep ik een rondje. Abel zat in de cafetaria om zich heen te kijken. Hij stond op toen hij me zag.

'Ik kom straks bij je winkelen. Ik moet een deodorant hebben voor mijn schoonzus.'

'Hoelang blijf je dit keer in Denemarken?'

'Een paar dagen maar. Dan moet ik weer terug voor mijn werk.'

'Waar werk je eigenlijk in Duitsland?'

'Niet zo heel ver weg. Vlak buiten Hamburg. We leggen de elektriciteit aan in een groot woningcomplex.'

'Zijn jullie met veel mensen daar?'

'We zijn met een man of vijf in het bedrijf. We logeren in een hotel.'

'Dan eten jullie zeker elke dag *Bratwurst* en drinken jullie heel veel bier?'

'Nee, zo erg is het niet. We werken behoorlijk veel. Maar braadworst eten we wel eens.'

'En ook *Sauerkraut*?'

'Nee, dat hebben we nog niet gehad. Maar daar kunnen we ons dan nog op verheugen.'

'Haha.'

Toen ik hem even later hielp, bleef hij me zo lang aankijken dat ik mijn ogen neersloeg. Tine stond ons vanachter haar kassa in de gaten te houden.

'Hij is gek op je,' zei ze achteraf.

'Daar weet je niks van.'

'Jawel, zulke dingen weet ik.'

'Hoe dan?'

'Hoe denk je?' zei Tine en even later riep ze naar een van de matrozen die in vol ornaat langs de parfumerie liepen: 'Hé, Jimmy. Kom eens even.'

Jimmy bleef staan en liep meteen naar Tine toe, die over de toonbank heen zijn handen pakte en naar voren leunde: 'Ga jij schilderen? Ik heb je gisteren met een heleboel verf zien lopen.'

'Ja, bij mijn ouders, Tine.'

'O, wat ben je toch een lieve jongen. Vind je hem geen lieve jongen, Jane? Jimmy, op school was jij mijn grote liefde.'

'En jij de mijne, Tine.'

Toen er twee oudere dames de parfumerie binnenkwamen, verdween hij snel. Tine hielp hen allebei. Tijdens het helpen begonnen ze te giechelen en steeds losser te worden. Tine raadde crèmes, lippenstift en nieuwe geuren aan. De dames kochten niets anders dan ieder hun eigen haarlak, maar ze liepen wel in een wolk van verschillende parfums de winkel uit. Ze bleven staan en roken aan hun eigen pols en aan die van de ander, liepen een paar passen verder, snoven opnieuw en zwaaiden naar Tine. Tine zwaaide terug.

'Wat waren dat aardige mensen, zeg.'

'Hebben Jimmy en jij bij elkaar op school gezeten?' vroeg ik.

'Ja, bijna.'

'Maar eh, hebben jullie verkering gehad?'

'Nee. We maken gewoon altijd grapjes.'

'Volgens mij is het voor hem geen grapje.'

'Jawel, natuurlijk wel.'

'Af en toe ben je een beetje té, Tine. De mensen schudden hun hoofd om je.'

'Dan hebben ze in elk geval wat te doen. Niet iedereen heeft zoveel mazzel.'

Het leek niet alsof ze erg onder de indruk was van wat ik had gezegd. Maar toen we een paar uur later van boord gingen en de laatste mensen op de parkeerplaats hadden uitgezwaaid, draaide ze zich met een vastberaden blik naar me om en zei: 'Wat je daarstraks tegen me zei. Over die mensen. Zoiets wil ik dus nooit meer horen.'

'Nee, sorry.'

'Je hoeft geen sorry te zeggen. Je moet alleen nooit meer met zoiets aankomen. Begrepen? Ja, doei, Gitte, stomme koe.'

De vrouw van de informatiebalie toeterde vanuit haar Morris Mascot en Tine gooide beide armen in de lucht en zwaaide de auto na. Ik stak ook een hand op. Op de Bro-vej werden we opgewacht door een matroos op de fiets, en Tine sprak even met hem, voor hij verder fietste.

21

Abel had me uitgenodigd om op palmzondag 's middags een kop koffie te drinken in het Zeepaviljoen, voordat hij naar Duitsland ging. Hij zou bij de vertrekhal op me staan wachten. Ik had andere kleren meegenomen naar mijn werk, een nieuwe trui en de grijze wollen broek van Tine. Gelukkig was er op de laatste overtocht niet zoveel te doen, dus had ik tijd om wat make-up op te doen en mijn nagels te vijlen. Ik had mijn haar opgestoken en spoot er veel haarlak in, want het waaide af en toe. Het weer was sowieso veranderd. Het was kouder geworden, het voorjaar was weer verdwenen en de weerberichten voorspelden sneeuw met Pasen.

Ik liet Mona een flink stuk voor me uit lopen, toen we van boord gingen. Dat was geen probleem, want zij was niet iemand die bleef wachten. Ik nam ruim de tijd om bij de vertrekhal te komen, en toen ik bij de toiletten was, stapte ik naar binnen om me om te kleden. Ik vouwde het overhemd en de rok van mijn uniform netjes op, zodat ik ze de volgende dag nog een keer aan kon. Toen ik uit het toilet kwam, gooide ik bijna de deur in Lauges gezicht. Sinds zijn bezoek bij ons thuis had ik vrijwel niet met hem gesproken. Soms was ik bang dat hij een heleboel betekenis aan mijn zwijgzaamheid zou toekennen. Maar ik wist gewoon niet wat ik tegen hem moest zeggen.

Nu bleef hij staan en glimlachte scheefjes, stak een arm omhoog en trok die weer naar zich toe: 'Dag, Jane. Wil je meerijden?'

'Nee, dank je, Lauge.'

'Het is geen enkel probleem, hoor. Tim rijdt ook mee. We moeten naar Rødby om een hond op te halen.'

Tim kwam met een paar lege plastic tassen uit het kaart-verkoopkantoor tevoorschijn, hij glimlachte toen hij me zag: 'Hoi.'

'Hoi.'

'Wat is dat voor hond die jullie gaan halen?'

'De hond van Bente,' zei Tim.

'Bente Sørensen, die is gisteren overleden,' zei Lauge. 'Kende je haar?'

'Niet echt. Ik wist wel dat ze ziek was.'

'Ze werkte samen met mijn moeder. We hebben beloofd dat we voor de hond zouden zorgen. Het is een labrador, en hij heet Kalle.'

'Moeten we je onderweg afzetten?' vroeg Tim.

'Nee, dank je. Ik heb een afspraak.'

'Ah, op die manier.'

We zwegen terwijl we door de tunnel naar de uitgang liepen. Abel stond op de parkeerplaats te wachten. Hij bleef staan tot ik afscheid had genomen van Lauge en Tim, vervolgens kwam hij me tegemoet. Lauge draaide zich om en keek ons na. Daarna draaide Tim zich om. Even later reden we vlak langs Lauges auto, Tim was bezig plastic tassen over de achterbank te leggen.

'Ze gaan een hond ophalen. Daarom legt hij die plastic tassen neer,' zei ik tegen Abel.

'O, vandaar.'

Het Zeepaviljoen was gesloten vanwege een besloten bij-eenkomst. We zaten in de auto en keken uit over de Oost-zee, de lucht was wit en op de golven waren schuimkop-pen te zien. De wind floot langs de autoportieren.

'Dat zal vandaag wel flink geschommeld hebben,' zei hij.

'Dat kun je wel zeggen.'

'Word je nooit zeeziek?'

'Nee, gek genoeg niet. Maar ik heb wel eens een beetje hoofdpijn.'

'Heb je op dit moment hoofdpijn?'

'Nee, helemaal niet.'

We hadden overlegd waar we dan koffie konden drin-ken. Ik had het Danhotel en het motel aan de autosnelweg voorgesteld en hij had gezegd dat ik mocht kiezen. Dat kon ik niet goed. Eigenlijk kon ik ook helemaal geen koffie meer drinken. Ik had slecht geslapen en op mijn werk in elk geval vijf koppen gedronken om helder te kunnen den-ken. Ik had ook helemaal geen zin om iets te eten. Mijn hele maagstreek voelde gespannen, niet onaangenaam trouwens, maar ik had geen zin om te eten. De handen van Abel lagen rustig op het stuur. Het waren goede, brede han-den. Hij droeg een dikke, lichte trui. Hij had zijn jas op de achterbank gelegd.

'Aksel, waarom zitten we hier?' vroeg ik.

'Ja, goeie vraag.'

Zijn stem had iets verlegens, iets wat ik heel goed kende. Maar mijn eigen verlegenheid werd minder als ik met die van anderen te maken kreeg. Ik opende het handschoenenkastje en keek er openlijk in: 'Heb je hier nog iets spannends in zitten?'

Er lagen een heleboel papieren en een halve fles whisky in.

'Ja, ik heb whisky,' zei hij. 'Zullen we er eentje nemen?'

'Ja, graag. Dat zou lekker zijn.'

Ik had whisky nooit lekker gevonden. Nu liet ik mijn mond vollopen, slikte een keer en voelde de warmte door mijn lichaam naar beneden stromen. Ik gaf de fles aan Abel.

'Oef, daar krijg je het warm van.'

'Heb je het koud? Je mag mijn jas wel lenen.'

'Nee, nee.'

'Je moet niet zitten rillen van de kou.'

Hij startte de motor en liet deze stationair draaien, warme lucht stroomde me tegemoet.

'Ik kan net zo goed zeggen waar het op staat,' zei hij. 'We zitten hier, omdat je die ochtend toen ik je naar de veerboot reed, zo ongelooflijk lekker rook.'

'Rook ik lekker? Waar rook ik naar?'

'Ja, dat weet ik niet.'

'Was het parfum?'

'Nee, nee. Het was eerder iets van frisse lucht of zo.'

'O.'

'Misschien rook je ook wel een beetje naar olie van je fiets.'

'Ach, hou op.'

Ik gaf hem een dreun, en hij grinnikte en pakte mijn hand beet.

'Ik heb me trouwens zitten afvragen of het symbolisch was dat je mij die zeep gaf.'

'Ja, dat was symbolisch.'

'Wat betekende het?'

'Ik wilde graag dat je iedere keer wanneer je je handen waste aan mij dacht.'

'Ik heb hem nog helemaal niet gebruikt. Mijn zus heeft hem ter decoratie op onze secretaire gelegd.'

'Hebben jullie een secretaire?'

'Mijn zus. Hij was van mijn moeder.'

'Er zijn niet veel mensen van onze leeftijd die een secretaire hebben.'

'Zijn wij even oud dan?' vroeg ik.

'Nee, sorry, ik ben waarschijnlijk tien jaar ouder dan jij,' zei Abel, en dat bleek precies te kloppen. Hij nam nog een slok whisky en gaf mij de fles terug, en ik nam ook nog een slok.

Na een poosje zette hij de motor uit. Het was ook wel erg warm in de auto.

'Nu kan ik nergens heen rijden, voor die whisky uit mijn lichaam is,' zei hij.

'Wanneer moet je met de boot?'

'Ik heb voor vandaag geen plek gereserveerd. Ik wacht gewoon.'

'Is het niet bijzonder om in een ander land te werken?'

'Nee, hoor. Daar sta ik niet zo bij stil.'

'Ik vind het bijzonder.'

'Het kan ook best een beetje treurig zijn in het hotel.'

'Hoezo?'

'Ik lig immers alleen maar wat tv te kijken. Maar eigenlijk wil ik veel liever wat meer over jou horen. Waarom woon je bij je zus?'

'Nou ja, dat is omdat ik met mijn studie ben gestopt. Ik studeerde ergotherapie.'

'Wat wil je nu dan gaan doen?'

'Voorlopig werk ik op de veerboot. Ik weet niet wat ik wil.'

'Heb je zin om met mij mee te gaan naar Duitsland?'

'Nu?'

'Ja. Je kunt gewoon meegaan.'

'Ja, maar ik moet morgen werken.'

'Ik kan je ophalen in Puttgarden, als je vrij bent.'

'Ik ben toch in Denemarken, als ik vrij ben?'

'Je kunt toch gewoon mee terugvaren?'

'Naar Duitsland?'

'Ja.'

Hij glimlachte naar me: 'Alleen als je wilt.'

'Ik wil wel,' zei ik en ik liet me zijdelings naar hem toe vallen en zoende hem tot ik bijna geen adem meer had.

De zoen smaakte naar whisky en ik dacht: hij ruikt zelf naar frisse lucht, tot ik mijn ogen opendeed en zag dat hij het raampje een stukje open had gedaan. Het was gaan sneeuwen. Ik deed mijn ogen weer dicht en de volgende keer dat ik ze opende, had hij het raampje dichtgedraaid.

Zo zaten we een aantal uren in de auto. De veren Danmark, Theodor Heuss en Dronningen legden aan en voeren af. We dronken geen whisky meer, maar toch voelde ik me draaierig en overmoedig.

'Dit is wel een beetje gek allemaal,' zei ik in een van de ademhalingspauzes tussen twee zoenen in.

'Vind je?'

'Nee, hoor. Jawel, ergens toch wel.'

'Waarom?'

'We weten eigenlijk niet zoveel van elkaar.'

'Langzamerhand toch wel wat. Ik weet bijvoorbeeld dat jij een secretaire hebt.'

'Nee, ik niet, mijn zus.'

We lachten allebei, zijn gezicht was dicht bij het mijne. Al zijn beweginkjes, zijn glimlach, zijn ogen, zijn armen om mijn schouders, ze waren rustig en beheerst, volwassen, dacht ik, en hij had een ongelooflijk rechte rug, ook al hadden we heel lang in verschillende vreemde houdingen in de auto gezeten. Die rankheid sprak mij aan. Dat voelde ik, toen ik uit de auto stapte en hem ten afscheid zoende. Het sneeuwde nog steeds, de parkeerplaats was helemaal wit. Hij had aangeboden me thuis te brengen, hij stond er bijna op, maar het voelde belangrijk om alleen door de sneeuw te lopen. Bovendien wilde ik niet op alles wat hij aanbood ja zeggen. We riepen door de wind naar elkaar, terwijl we elkaar nog steeds konden horen.

'Ik wacht op je.'

'Ik weet niet of ik kom.'

'Ik sta bij de uitgang.'

'Misschien kan ik mijn paspoort niet vinden.'

'Tot kijk.'

'Rij voorzichtig.'

'Dat doe ik altijd.'

Uiteindelijk draaide ik me om en liep naar het haven-plein. Daar voelde ik echt de nieuwe rankheid van mijn rug. Ik liep hardop kleine woordjes te zeggen in de kraag van mijn jas, 'ja', 'altijd' en 'frisse lucht', het was bijna zijn stem die praatte, en ik lachte om iets wat hij had gezegd. Ik stelde me zijn lichaam zonder kleren voor, maar toen schrok ik ineens, omdat hij naast me kwam rijden en me door het raampje een bijzonder hartelijke blik toewierp. Hij bleef de hele weg tot aan de kruising van de Færgevej en de Havnegade naast me rijden. Er was geen ander con-tact tussen ons dan wat geglimlach, glimlachen die steeds breder werden, tot een van ons wegkeek, omdat het te veel werd. Hij toeterde toen hij de Færgevej opreed en gas gaf. Dat getoeter kwam op mij heel ordinair over. Maar geluk-kig vergat ik het snel. Ik dacht aan wat Tine zou zeggen als ik naar Duitsland ging. Ik had een sterk gevoel dat ze me het zou afraden. Als het haarzelf had gegolden, had ze zich geen moment bedacht. Ik besloot een kwart liter slagroom te kopen om 's avonds warme chocolademelk voor ons te maken. Ik liep naar het benzinestation. Ik vond ook een klein groen badbeestje voor Ditte. Børge BP stond zelf achter de kassa, en bij de toonbank stond een houten kistje met tweedehands grammofoonplaten voor vijf kroon per stuk.

'Zijn dat Michaels oude platen?' vroeg ik. Mijn stem klonk licht en vrolijk.

'Ja, hij heeft de troep uitgemest. Jij mag er zelfs twee voor vijf kroon hebben.'

'Heel erg bedankt. Hoe gaat het met Smutti?'

'Die leeft nog steeds.'

Geen enkele grammofoonplaat zag er echt interessant uit. Maar ik vond dat ik het aanbod wel aan moest nemen, dus koos ik er eentje uit met Deenstalige muziek en eentje van Supertramp die we al hadden. Dan hadden we altijd een in reserve.

'Wat ontzettend aardig van je, Børge, ontzettend bedankt.'

'Ja, ja. Doe ze thuis de groeten.'

'Dat zal ik doen.'

Toen ik de deur opende en naar buiten stapte, sloeg een koude windvlaag me in het gezicht. Ik stopte de grammofoonplaten, de slagroom en het badbeestje in de draagtas bij mijn uniform en trok de kraag met mijn vrije hand stevig om mijn hals.

Ik moest denken aan Martin en zijn kouwelijkheid, en

aan zijn dunne spijkerjack. Ik wilde iets voor hem doen. Ik zou in de kelder een warme trui en een gebreide muts zoeken in de dozen die de transporteur verkeerd bij mij had afgeleverd. Martin was iemand die dat niet verkeerd zou opvatten. Toen we bij elkaar op school zaten, reed er een keer een vuilniswagen over zijn schooltas heen. Twee anderen uit de klas hadden de tas uit het raam gegooid, terwijl hij met zijn buikpijn op het toilet zat. Toen hij in het lokaal terugkeerde, was het eventjes heel stil toen hij ging zitten. Hij wilde iets uit de tas pakken die er niet stond en keek met een onnozele blik op, alsof hij in het verkeerde lokaal was beland. Toen barstte er een enorm gelach en gebrul los. Martin moest zelf ook lachen, en hij stond op en liep achter de rest aan naar het raam. Buiten op de parkeerplaats reed de vuilniswagen achteruit over de schooltas heen, en we bleven lachen, ook toen de vuilniswagen weer naar voren reed en de platgereden, kapotte tas tevoorschijn kwam. Ergens achter de hoge lach van Martin klonk iets van angst. Er waren meer kinderen die het hoorden. Ook Kirsten Hansen, die net zo'n schooltas had als hij. Ze liep er vastberaden op af, maakte hem leeg en gaf hem aan Martin.

'Ik kan zo een nieuwe krijgen,' zei ze, en Martin had er geen problemen mee haar aanbod te accepteren.

Ik had het gevoel dat het van levensbelang was dat ik hem een warme trui cadeau deed. Ik liep met rechte rug, ik was iemand die iets voor andere mensen wilde doen. Toen ik bij onze flat kwam, ging ik naar de kelder en ik liep naar onze kelderruimte, ik kon er bijna niet in komen. Gelukkig stond de doos met kleding bovenop, en ik koos een dikke trui met zwarte en gele strepen en een bruine, gebreide muts met een kwast en ging weer naar boven.

De sneeuw bleef liggen. Het begon donker te worden, in veel woningen brandde licht. Toen ik om ons blok heen liep en naar dat van Martin wilde gaan, zag ik voor zijn portiek een ambulance met gedoofde lichten staan. Ik bleef met de kleren in mijn armen staan. Een vrouw, waarschijnlijk Martins moeder, liep met een uitdrukkingsloos gezicht de portiek in en uit. Ik hoorde twee heldere stemmen achter me. Het waren twee ernstig kijkende jongetjes met hun jas open en sneeuw in hun haar. Ik hield ze tegen en vroeg: 'Weten jullie wie er ziek is?'

'Het is Martin Hansen. Hij is dood,' zei het ene jongetje.

'Hij heeft gif gedronken,' zei het andere. 'Hij heeft zelfmoord gepleegd.' Hij knikte naar het eerste jongetje: 'De vader van Nick heeft hem gevonden. Hij wilde een dompelaar lenen.'

'Ja, dat klopt,' zei Nick. 'Voor een kampeertocht.'

'Is dat echt waar?' vroeg ik, en de jongens knikten zo heftig dat de sneeuw uit het haar van de een vloog. Daarna liepen ze verder.

Ik draaide me om en liep terug naar ons woonblok. Er was iets wat me verwarde, en dat was in de eerste plaats vanwege de kleren die ik bij me had. Ik had die niet moeten ophalen, ik had ook die trui niet moeten uitkiezen. Ik zou alles in de doos terugleggen, maar eerst wilde ik naar Tine. Ik wilde haar vertellen wat er was gebeurd. Ik opende de deur en riep haar: 'Tine. Er is iets gebeurd.'

Maar voor ik iets kon zeggen kwam ze van de woonkamer naar de hal lopen, en vervolgens kwam Bo achter haar aan met een sigaret in zijn hand, die stevig tegen zijn borst was gedrukt. Ze hadden allebei rode ogen. Ik dacht: zij kennen Martin toch niet zó goed, maar toen keek Bo me aan en zei: 'Mijn vader is net overleden.'

Hij bracht de hand met de sigaret naar zijn mond en nam een flinke trek, ik zag de rook helemaal in hem verdwijnen.

'Nee maar, is meneer Lund ook dood?' vroeg ik, en Tine knikte naar me.

22

Bo kon het niet warm krijgen. Hij zat op de bank van moeder te roken onder een deken, terwijl wij op de taxi wachtten. Dat zou een poosje duren, want beide taxi's waren onderweg. Eentje was helemaal in Kettinge.

Hij was met de schommelstoel aan het werk geweest, toen de buurman bij hen uit de straat had gebeld. Mevrouw Lund was net met meneer Lund in een ambulance naar het ziekenhuis vertrokken. Hij had met zijn krant op schoot in zijn stoel liggen dommelen, en toen mevrouw hem zijn middagkoffie wilde geven, kon ze hem niet wakker krijgen. Ze hoorde dat hij ademde, maar hij werd niet wakker. Ze schudde hem heen en weer, sloeg hem in het gezicht, en uiteindelijk pakte ze de leunstoel aan de achterkant beet en kieperde ze meneer Lund op de grond. Hij kwam in een heel rare houding terecht en toen had mevrouw Lund snel een ambulance gebeld. Er was gelukkig net eentje in de buurt en mevrouw Lund was meegereden, meer wist de buurman niet.

Een halfuur later belde mevrouw Lund zelf om te vertellen dat meneer Lund was overleden. In de buurt van Sundby was hij met een ruk rechtop op de brancard gaan zitten en had hij geroepen: 'Hyllekrog!' waarna hij achterover was gevallen en zijn laatste adem had uitgeblazen.

Misschien had mevrouw Lund het verkeerd gehoord, want de ambulance reed met zwaailichten en sirene aan.

Bo dacht dat het best zou kunnen kloppen dat zijn vader op zo'n moment aan Hyllekrog had gedacht. Daar had hij namelijk in zijn jeugd de zomers in het houten huisje van zijn grootouders doorgebracht: ze gingen zwemmen en vissen en liepen dag in dag uit op blote voeten, het was een wonder dat ze zich niet verwondden of ziek werden. Tegenwoordig was er niemand meer die zo rondliep, behalve Peter Hansen uit Bindernæs dan, maar dat had zo zijn redenen, en zijn vrouw wilde nu een naaikamer voor zichzelf, dat kon je haar ook niet kwalijk nemen.

Bo's tanden klapperden. Ik stond op, pakte de trui met gele en zwarte banen uit de kelder en gaf die aan hem. Hij trok hem aan en rilde, hij leek wel een verkleumde hommel.

'Rustig maar, Bo,' zei Tine. 'De taxi komt er zo aan.'

We liepen met hem mee naar beneden en hielpen hem in de taxi. We bleven op de parkeerplaats staan en keken de taxi na tot die op de Havnegade verdween. Het sneeuwde nog steeds en we hadden geen jassen aangetrokken. De sneeuwvlokken vielen op ons neer. Tine stond heel dicht tegen me aan en zei: 'Ik heb zo met hem te doen.'

'Het is niet om aan te zien.'

'Die arme mevrouw Lund. Al die dingen waar ze nu doorheen moet.'

'Ja, die arme mevrouw Lund.'

'Nu moeten we maar teruggaan naar Ditte.'

We draaiden ons om en liepen naar de portiek.

'Wat was er gebeurd met Martin?' vroeg Tine.

'Ze zeiden dat hij gif had gedronken.'

'Wat een onzin. Dat zou hij vast niet durven.'

'Misschien wel hoor, Tine.'

'Wat zou dat dan voor gif moeten zijn? Ik geloof het niet. Hij heeft zich vast verhangen.'

'Hoe kun je je nou in deze appartementen verhangen?'

'Aan de buizen in de badkamer. Die helemaal bovenaan.'

'Denk je dat die het houden?'

'Makkelijk. Kun je je die keer met Keld Hansen niet meer herinneren? Dat heeft Martin vast en zeker ook gedaan.'

Geen van tweeën hadden we zin in avondeten. We zaten aan de eettafel in de keuken, Tine sneed een boterham met leverpastei in kleine stukjes en zette het bordje voor Ditte neer. Haar hele lichaampje trilde van verwachting. Ditte stak haar hand uit en pakte een stukje brood tussen twee vingers.

'Pincetgreep,' zei ik.

'Heet dat zo?'

Ditte knabbelde en kwijlde. Er kwamen kleine, gelukzalige geluidjes uit haar mond.

'Moet je haar eens horen,' zei Tine.

'Ja. Wat doe je dat goed, schatje.'

'Je bent de beste van de hele wereld.'

Tine bracht Ditte naar bed. Ik zat in de woonkamer zonder in staat te zijn iets te ondernemen. Ik liep mijn kamer binnen en vond mijn paspoort in een van de mappen. Ik keek naar de foto en de verschillende gegevens. Het klopte niet dat ik grijsgroene ogen had, dat had moeder ook gezegd: 'Er is helemaal niks grijs aan ze. Je lengte klopt ook niet.'

'Jawel, als ik schoenen aan heb.'

'Maar dat zijn platte schoenen.'

'Ze stond op haar tenen,' had Tine uit de keuken geroepen. 'We stonden allebei op onze tenen, en hij had het helemaal niet in de gaten.'

'Jullie twee ook altijd,' had moeder glimlachend opgemerkt.

Ik legde mijn pas terug en liep weer naar de woonkamer. Normaal zou ik me op de bank laten vallen, maar dat voelde die avond ongepast en Tine voelde het vast ook zo, want ze kwam binnen en ging rechtop op de bank zitten. We zetten de tv ook niet aan.

'Bente Sørensen is ook dood,' zei ik. 'Ze is gisteren overleden.'

'Die uit Rødby? Die was al een poos ziek.'

'Ja. Maar toch. Ze was nog niet zo oud.'

'Nee, dat is waar.'

Tine haalde een keer diep adem, en dat maakte dat ik hetzelfde deed. We zuchtten en zaten een tijdje zwijgend bij elkaar.

'Wanneer denk je dat meneer Lund wordt begraven?' vroeg ik vervolgens.

'Dat zal waarschijnlijk pas paaszaterdag zijn. Dan heb ik net nachtdienst gehad.'

'En Martin dan? Denk je dat hij dan ook wordt begraven?'

'Waarschijnlijk wel.'

'Wie moet er nu op Ditte passen? Mevrouw Lund kan waarschijnlijk niet.'

'Heb jij dinsdag en woensdag niet vrij?'

'Ja, dat wel. Maar, Tine...'

'Wat is er?'

'Abel vroeg me of ik een paar dagen mee naar Duitsland wilde.'

'Heeft ie dat gevraagd? Wanneer zou dat moeten zijn?'

'Morgen na het werk.'

'O. Nou, dat kun je dan toch gewoon doen.'

'Dan word jij verdrietig.'

'Nee, hoor.'

'Jawel. Ik ga niet. Ik zal wel op Ditte passen.'

'Hou nou maar op.'

'Er zijn ook zoveel andere dingen nu. Natuurlijk ga ik niet.'

'Dat moet je zelf weten. Zo. Ik denk dat ik naar bed ga.'

'O ja? Dan ga ik ook. Wil jij als eerste de badkamer gebruiken?'

'Nee, ga jij maar eerst.'

Toen ik mijn tanden stond te poetsen, kwam ze aanlopen, ging in de deuropening staan en vroeg: 'Wil je vannacht niet bij Ditte en bij mij slapen?'

We lagen in het grote bed met Ditte tussen ons in en konden niet slapen. Tine had een glas water op het nachtkastje gezet en af en toe ging ze rechtop in het donker zitten om wat te drinken. Ze zat dan eventjes, zette het glas weg en ging weer liggen. Toen ze voor de derde keer rechtop ging zitten, bleef ze zitten.

'Ik heb de hele tijd het meest medelijden met mezelf,' zei ze. 'Is dat niet stuitend?'

'Dat weet ik niet.'

'Het is niet zeker dat mevrouw Lund nog zoveel energie over heeft.'

'Voor jou?'

'Ja, en voor jou. En voor Ditte. Het is lang niet zeker dat ze nu op Ditte kan passen.'

'Dan moeten we iets anders verzinnen.'

'Ja. Weet je wat, Jane? We moeten op gewone dagen eigenlijk ook veel vrolijker zijn. Dat dacht ik ook na dat met mama.'

'Ik vind je bijna altijd vrolijk.'

'Nee, dat ben ik niet. Niet vrolijk genoeg.'

'Ik ken niemand die nog vrolijker is dan jij.'

'Jij kent toch ook niemand? Nee, sorry.'

'Nee, dat klopt wel. Ik ken niet zoveel mensen.'

'Jawel, hoor. Jij kent nu ook iedereen op de veerboot. En de mannen zoemen om je heen.'

'Dat doen ze toch helemaal niet.'

'Dat doen ze wel.'

Ik zag haar profiel in het donker. Ze zat met haar voorhoofd in haar handen. Toen ging ze weer rechtop zitten en draaide haar gezicht naar mij toe.

'Ik vind dat je morgen naar Duitsland moet gaan,' zei ze. 'Dat vind ik echt. Ik kan Eva bellen. Die wil vast wel op Ditte passen.'

'Nee, ik ga niet.'

'Je mag mijn roze leren laarzen lenen. Ik heb ook nog wel Duitse marken.'

'Het is beter dat ik hier blijf. Ga nou maar liggen.'

Ze ging liggen. De tijd verstreek. Ik lag met mijn ogen open. We hoorden Dittes ademhaling. Het voelde alsof ik nooit in slaap zou kunnen vallen, en Tine voelde het ook zo. Af en toe haalde ze een keer diep adem en blies ze de lucht via haar mond uit. Beneden op de parkeerplaats sloeg een autoportier dicht, de motor werd gestart. De sneeuw dempte de geluiden, de auto gleed voor het blok langs en verdween. We lagen lange tijd wakker zo.

Moeder

23

Moeder liep over de velden met een bloemkool in haar hand. Ze was twaalf jaar oud. Moeder heette Ingelise Henriette Anette Hansen. Als ze haar vroegen hoe ze heette, zei ze Henriette. Op dat moment woonde ze aan de Anden Tværvej. De bloemkool had ze midden op de weg gevonden. Het koren werd geplet onder haar voeten. Moeder probeerde in de voren te blijven lopen, je mocht helemaal niet op de akkers komen. De boer kon zomaar iets achter je aangooien als hij het zag.

Moeder legde de bloemkool op de trap voor het huis. Vanuit de kamer klonk een langgerekte, schaterende lach, moeder trok haar klompen uit en stapte naar binnen. Haar moeder zat op de bank, naast een man met grijs haar. Moeder bleef in de deuropening staan.

'Hallo.'

'Hallo.'

'Dit is Jørgen, en dat is Henriette,' zei haar moeder.

'Wanneer gaan we eten?' vroeg Henriette.

'Och, dat duurt nog wel even.'

'Ik heb echt enorme honger.'

'Onzin, neem maar een boterham met jam,' zei haar moeder.

Moeder had een heleboel wisselende vaders. Die zaten in-eens in de kamer de krant te lezen of stonden in de tuin te schoffelen wanneer ze uit school kwam. Ze knikte naar ze en ging naar haar kamer boven. Ze vouwde haar handen en bad dat ze verdwenen zouden zijn wanneer zij weer be-neden kwam. Soms lukte dat. Andere keren zaten ze een halfjaar of langer mee aan tafel. Dat was het ergste, want dan begon ze ze net sympathiek te vinden. Ze breidde zelfs sokken voor ze tijdens de handwerkles en onthield grappi-ge anekdotes die ze hun wilde vertellen. Maar dan, als ze op een dag naar beneden kwam om te ontbijten, zat haar moeder met een doodse blik in de ogen op een oude brood-korst te bijten. De thee was koud geworden en de kachel was ook niet aangestoken.

'Waar is Knud-Erik?' vroeg Henriette.

'Die is vertrokken. Hij woont hier niet meer,' ant-woordde haar moeder.

'O. Waarom dan?'

'Ach, weet je, we hadden elkaar niks meer te zeggen,' zei haar moeder.

De eerste tijd na zo'n breuk was haar moeder zwijgzaam en serieus. Henriette droeg zichzelf wekelijkse taken op. Ze maaide het gras en bakte witbrood met kardemom. Elke zaterdag poetste ze alle schoenen, en dan zat ze aan de tuin-tafel met doeken en schoenpoets. Het kostte veel tijd, want ze hield ervan om de dingen goed te doen.

Wanneer ze op zekere dag thuiskwam, kon er ineens een

onbekend boeket bloemen op de eettafel staan. Haar moeder rook dan naar parfum en sloeg haar armen om haar dochter heen: 'Henriette, iemand heeft me uitgenodigd bij hotel-restaurant Eggerts te gaan eten.'

'Vanavond?'

'Ja. Ben je nu verdrietig?'

'Nee, hoor. Ik heb jouw schoenen ook gepoetst.'

'Je bent het flinkste meisje dat ik ken.'

Henriette at haar avondeten alleen in de keuken, een kom soep of een paar gehaktballen met roggebrood, en ze bleef op tot haar moeder aan het eind van de avond terugkwam. Haar moeder ging te voet, ook al was het een flink eind lopen naar het centrum. Ze hield er niet van om opgehaald of thuisgebracht te worden. Toen ze over het grind van de oprit liep, opende Henriette de deur en zei: 'Hoi, mam.'

'Hoi.'

Het was geen gezellige avond geweest. Haar moeder schopte haar schoenen uit en legde haar voeten op een stoel.

'Hij was in elk geval niks voor mij,' zei hij.

'Niet?' zei Henriette. 'Waarom niet?'

'Hij had hier de hele avond mayonaise zitten,' antwoordde haar moeder, terwijl ze naar haar ene mondhoek wees en begon te lachen.

'Jakkes, echt waar?' vroeg Henriette.

Ook gebeurde het wel vier of vijf keer dat Henriette thuis-kwam en haar moeder aantrof terwijl die de boeken- en de linnenkast leeghaalde en de inhoud in grote houten kratten stopte. Het koffieservies werd in krantenpapier verpakt, het leek allemaal heel snel te moeten. Henriette ging op het puntje van de leunstoel zitten en vroeg: 'Gaan we verhuizen?'

'Ja, schatje. Ga naar boven om je spullen in te pakken. Carlo gaat een prachtig kamertje voor je aftimmeren in zijn grote eetkamer.'

'Waar moet hij dan eten?'

Haar moeder zuchtte: 'Dan eten we gewoon in de gro-te keuken. Weet je niet meer hoe het er bij Carlo uitziet?'

Verhuizen naar een onbekend huis betekende dat je alles kwijtraakte. Henriette liep rillend door de vertrekken en wist niet waar ze het zoeken moest. Het rook er vochtig en de wc-bril was ijskoud. Ze zat aan de keukentafel naar haar havermout te staren, terwijl de twee volwassenen druk aan het zoenen waren. Vanaf de vroege ochtend was de stem van haar moeder een andere: 'Wil je een gebak-ken ei, schat?'

Dat duurde zolang als het duurde. In de regel zes maand. Dan, op een woensdag of zo, als de man naar zijn werk was gegaan, viel haar stem terug in het oude register: 'Hij kan toch op zijn minst fatsoenlijk praten. Hij beslist na-melijk niet alles.'

Haar moeder kreeg migraine en liep met neerhangende armen en kleine, hulpeloze pasjes door het huis, en Henriette bracht haar naar bed en stopte het dekbed goed om haar heen. Ze zat op de rand van het bed wanneer haar moeder weer wakker werd en zich wat beter voelde. Dan klaagden ze samen over zijn slechte gewoonten.

'Hij kijkt ook niet verder dan zijn neus lang is,' merkte Henriette op en ze hielp haar moeder de houten kratten in te pakken als de migraine weer helemaal verdwenen was.

Haar moeder stierf ongetrouwd. Ze was achter in de dertig, toen ze ziek werd. Onze moeder was een jonge meid met rode wangen en een solide onderstel. Sommige mensen noemden ze bietenrooiersbenen, maar Henriette had nooit in de bietenteelt gewerkt. Ze kreeg een opleiding als verkoopster in de slagerij, waar ze de hele dag gratis smörrebröd mocht eten – onder andere daardoor had ze zulke krachtige benen. Toen ze klaar was met haar opleiding, nam de slager haar in vaste dienst. Ze was een grote aanwinst voor de zaak, want ze had een goed geheugen en wist precies wat de klanten wilden hebben. Een kwart rundergehakt tot driekwart varkensgehakt, karbonades met veel vet aan de rand of kaas zonder komijn. Toen haar moeder ziek werd, kreeg ze veel steun van de slager en zijn vrouw. Ze mocht eerder weggaan als ze haar moeder bezocht die in het ziekenhuis van Maribo lag, en ze kreeg haar volledige loon doorbetaald in de week dat ze helemaal niet op haar werk kon komen, omdat haar moeder moest worden begraven en er heel veel te regelen viel.

Misschien kon verdriet zo groot zijn dat het zichzelf af-
zwakte. Als kind struikelde Henriette over een eg. De huid
van haar enkel werd tot op het bot opengereten. Het zag
er huiveringwekkend uit, maar ze voelde helemaal niets.
Ze glimlachte terwijl de arts een stukje van de huid af-
knipte en de wond dichtnaaide.

Ze kon er geen traan uitpersen.

Misschien was het een chemisch proces in haar lichaam.

Misschien kwam het door iets waardoor ze gehard was
geworden. Dat hoopte ze. Ze voelde zich enorm gehard.

Henriette fietste met een hondje in haar fietsmandje naar
het water. Ze liep met de hond over de dijk en keek uit
over zee. De hond heette Jesper. Henriette had hem geleerd
voor het eten te bedanken. Ze had het huis verkocht en
was in de woning boven de slagerij gaan wonen. Wanneer
ze de bezemkast opendeed, kwam er een geur van ham en
gerookt vlees uit. Dat maakte haar niets uit, ze hield van
allebei.

Een paar keer per jaar ging ze naar een dansfeest, met
een stel oude schoolvriendinnen die ook niet waren getrouwd. Ze hadden hun eigen madera bij zich in een beu-
gelfles, en de fles ging rond in het Lystskovpark wanneer
ze even frisse lucht gingen halen. De lucht boven de boomtoppen was inktzwart. Alles rook naar seringen. Henriette strekte haar benen uit op het bankje en liet haar hoofd
achterover rusten. Ze deed haar ogen dicht. Toen ze ze weer
opendeed, stond Birger Nielsen voor haar te drentelen.

Vervolgens werd ze zwanger, maar dat wilde ze hem liever niet vertellen. Hij was ook niet haar type, en bovendien verhuisde hij korte tijd later naar Kolding.

Moeder zei altijd dat Tine het zelfstandigste kind was dat je je kon voorstellen. Toen ze drie jaar was, maakte ze zelf haar havermout al. Als er troep op de grond lag, pakte ze een bezem en veegde ze het bij elkaar. Dat was toen. Moeder wilde geen hulp van de gemeente, maar ging in deeltijd werken. Tine ging mee naar de slager en zat op een krukje in de ruimte achter de winkel, of ze mocht meehelpen met worst maken of gehakt tot leverpastei roeren.

Onze moeder, de slagersvrouw en ook de slager zelf noemden Tine vaak 'de kleine meid', voordat ik geboren werd.

'Wat doet de kleine meid, wil de kleine meid een stukje worst?' vroegen ze en ze staken daarmee de klanten aan die ver over de toonbank heen bogen.

'Wat zegt de kleine meid? Gaat de kleine meid dit jaar ook met vakantie?'

'Mama en ik blijven dit jaar lekker thuis,' zei Tine terwijl ze met haar hoofdje knikte, en de klanten knikten terug.

'Dat klinkt heel gezellig.'

Maar toen Tine vijf was, werd ik geboren en vanaf dat moment was alles anders: 'Dat moet de grote meid maar doen. De grote meid gaat wel even wisselgeld halen.'

Tine knikte en ging op pad.

Toevallig heette mijn vader ook Birger. Hij kwam uit Fugl-se en had misschien best wel met moeder willen trouwen. Maar daar kwam niks van, want hij was nogal onnozel en kon bovendien nog geen twee woorden goed op papier zet-ten.

'Al die schriftelijke dingen heb je van mij,' zei moeder toen ik met mijn eerste zinnetjes aan de eettafel van onze woning aan het Syltholmspark zat. Daar waren we naar-toe verhuisd toen ik zes jaar was. Moeder fietste iedere dag heen en terug naar de slager, ze viel ervan af en werd er aantrekkelijker van. Niet dat dat een rol speelde trouwens.

Op een nacht werd Tine wakker, omdat moeder in huis rondliep. Tine stond op en zag haar in de deuropening van de kamer staan, met een sigaret tegen de deurpost geleund en met haar haar los. Ze had een ochtendjas aan. Tine wil-de naar haar toe lopen, maar op het moment dat ze een stap deed, liep moeder de kamer in en schopte ze hard te-gen de ficus, die daardoor bijna omviel. Er viel een beetje potaarde op het tapijt. Tine ging snel terug naar bed.

De volgende dag zaten we op het terras te ontbijten. De zon scheen en er was geen zuchtje wind. Moeder zat een tijdschrift te lezen, de pagina's knisperden. Tine zag dat ze haar teennagels had gelakt.

'Jij bent een heel goede moeder,' zei Tine.

'Vind je dat, Tine? Dat weet ik nog zo net niet.'

'Volgens mij is er niemand die zo'n goede moeder heeft als wij.'

'Dat is lief van je.'

'Ben je niet blij dat je zo'n goede moeder bent?'

Moeder keek over het blad heen naar Tine, fronste wenkbrauwen en zei: 'Wat is er loos?'

'Niks.'

'O. Hou je dan maar stil en eet je boterham op.'

Mevrouw Lund kwam op bezoek met Bo Lund, die vijf jaar ouder was dan Tine en in de vensterbank op haar kamer zat te roken, terwijl ik met mijn poppen speelde. Tine mocht ook een trekje van de sigaret nemen. Ze werd duizelig en bleek, zette het raam open en spuugde naar buiten. Bo Lund haalde een glas water voor haar.

'In de woonkamer staat koffie met gebak,' zei hij.

Tine kon niks eten. Ze lag op haar bed met een kussen over haar hoofd. Bo Lund en ik liepen naar de kamer en gingen aan de koffietafel zitten. Er was gebak en er waren ook allerlei koekjes op een schaal, en Bo Lund kreeg een grote kop koffie, terwijl ik melk dronk.

'Bo is begonnen met roken,' zei mevrouw Lund. 'Dat werkt zo rustgevend.'

'Dat is mooi,' zei moeder, die een tweede stukje taart voor zichzelf afsneed.

'In het begin smaakt het hartstikke goor, maar je went eraan,' zei Bo Lund.

'Ja, zo gaat dat,' zei moeder.

'Let op je woorden, jongeman!' zei mevrouw Lund.

Ik keerde terug naar mijn poppen. Tine voelde zich nog steeds misselijk, ze liep naar de kamer en ging op de bank liggen, met haar voeten op moeders schoot. Moeder legde een dekentje over haar heen en Tine viel in slaap, een diepe slaap. Ze droomde van zeegras, wilde dieren en koren dat wuifde in de wind. Toen ze wakker werd, was haar haar nat van het zweet. Ze bleef met gesloten ogen liggen, de kopjes rinkelden nog steeds op de salontafel.

'Mijn moeder zou morgen vijfenvijftig zijn geworden,' zei moeder.

'Was ze écht niet ouder?'

'Nee, ze was negenendertig toen ze overleed.'

'Dat is zo'n beetje onze leeftijd.'

'Ja, dat duurt niet lang meer.'

'Het gaat erom dat je van het leven geniet.'

'Gelukkig kunnen wij dat goed.'

Tine bleef het maar steeds horen, 'dat is zo'n beetje onze leeftijd', ze kon zich niets vreselijkers ter wereld voorstellen dan dat moeder overleed. Ze begon te huilen. Ze deed alsof ze zich in haar slaap omdraaide, de tranen liepen op de bank, ze trok de deken over haar oren en de stemmen van mevrouw Lund en moeder klonken dof en heel ver weg. Tine hoorde nu helemaal niet meer wat ze zeiden, ze gebruikte al haar krachten om onhoorbaar te huilen. Toch moest ze uiteindelijk opgeven en luid snuiven. Moeder trok de deken weg en zei: 'Volgens mij is Tine verkouden geworden.'

'Dat is de tijd van het jaar,' merkte mevrouw Lund op.

'Eerst zweet je en dan heb je het ineens hartstikke koud.'

'Ja, ja, dat is waar,' zei moeder.

24

Tine was veertien en wilde het huis uit. Ze had gehoord dat je een goedkope kamer in de Lindsgade kon huren, en bovendien verdiende ze elke maand al een mooi bedrag met afwassen in de kantine van Rødbygård, het gesticht. Daar was geen sprake van, zei moeder. In de eerste plaats hadden we haar thuis nog steeds nodig. Wie moest anders die lekkere hamburgers bakken of iedere middag samen met mij mijn huiswerk doen? Moeder begreep niets van wiskunde. Bovendien was alleen wonen veel te eenzaam, en moeder wist waar ze het over had.

Tine en ik spitsten allebei onze oren.

'Was je eenzaam voor je ons kreeg?' vroeg ik.

'Reken maar. Ik was zo eenzaam dat ik een maand lang met een splinter in mijn voet rondliep.'

'Kon je die er niet uit krijgen dan?'

'Nee, ik kon er niet bij. Toen had ik jullie hulp wel kunnen gebruiken.'

'Waarom ben je niet naar de dokter gegaan?' vroeg Tine.

'Ach, met zoiets ga je niet naar de dokter.'

'Ik kom gewoon thuis als ik een splinter heb.'

'Jij blijft hier, Tine,' zei moeder, en Tine produceerde een sissend geluid, maar zag er toch heel opgelucht uit.

Moeder liep weg om een sneetje roggebrood voor ons te smeren. Ze kwam terug met de sneetjes op een schaal en ging weer zitten. Op het brood zat worst, en dat was niet waar we op hadden gehoopt. Maar die avond jammerden we er niet over, het kwam niet zo vaak voor dat we op deze manier met moeder zaten te praten.

'Waarom hebben wij geen vader?' vroeg ik.

'Die hebben jullie wel en dat weten jullie ook best. Jullie hebben allebei je eigen vader.'

'Waarom kennen wij die dan niet?'

'Dat weet ik eerlijk gezegd niet, Jane. Daar heb ik me nooit zo mee beziggehouden. Wil je je vader graag leren kennen?'

'Nou, nee. Dat denk ik niet.'

'Ik in elk geval niet,' zei Tine. 'Het is beter zoals het nu is.'

'Dat vind ik ook,' zei moeder.

'Maar krijgen we dan ooit nog een nieuwe vader?' vroeg ik.

'Nee, die krijgen jullie nooit meer.'

'Maar als jij nou een keer een man vindt?'

'Waar zou ik die moeten vinden? Dat wordt dan pas wanneer jullie volwassen zijn. Dát kan ik jullie wel vertellen. Willen jullie nog meer eten?'

'Nee, bedankt,' zeiden we allebei, maar moeder was al van de bank opgestaan en naar de keuken gelopen, en even later kwam ze terug met nog een boterham met worst voor ons en twee voor zichzelf. Ze concentreerde zich weer op het tijdschrift dat ze zat te lezen, en hoewel we vol zaten zeiden we niks, ook Tine niet, we namen de boterhammen aan en werkten ons erdoorheen, we kauwden en slikten.

Tine ging op schoolkamp naar Odsherred en was compleet veranderd toen ze thuiskwam. Ze had cadeautjes meegenomen, een aardewerken vaas voor moeder en gestreepte kousen voor mij. Moeder prees haar de hemel in voor haar attentheid. Tine leek heel blij, haar ogen schitterden, en haar haar was nog lichter geworden, omdat ze het op het kamp in kamillethee en azijn hadden gewassen.

'Hadden ze daar geen gewoon water?' vroeg moeder glimlachend.

Tine glimlachte terug en zei: 'Ben je helemaal gestoord, man, we zijn ook nog wezen zwemmen. Het was zo vreselijk warm.'

Moeder trok haar kin in vanwege die nieuwe uitdrukking, die Tine vanaf dat moment helemaal tot aan de kerst hardnekkig bleef gebruiken.

Ze had een vriendje gekregen, Per Hansen uit de parallelklas. Die woonde in een appartement boven de Spaarbank, moeder kende zijn ouders wel. Ze kochten altijd magere hamsalade. Zijn vader was ambtenaar en zijn moeder huisvrouw. Moeder stelde heel verrassend voor dat Tine Per Hansen al de volgende avond zou uitnodigen om te komen eten.

'Je bedoelt morgen?' vroeg Tine.

'Ja, dan maak ik speklapjes.'

'Ik denk dat ik liever wacht tot een andere keer.'

'Oké, dat moet je zelf weten.'

Maar de volgende dag, toen Tine mij van de naschoolse opvang ophaalde, was Per Hansen mee. Zijn schoenen waren helemaal afgetrapt, maar hij had een vriendelijke glimlach. Zijn armen bungelden en zijn stem klonk hees. We liepen met zijn drieën naast elkaar op het trottoir, hij haalde een grapje met me uit door een kroonkurk van een flesje fris voor mijn voeten te gooien. Tine lachte hard. Toen we de Syltholmsgade in liepen, hielden ze elkaar bij de hand vast, en ik ging een eindje achter ze lopen, totdat Per Hansen zich omdraaide en me wenkte.

'Ben je helemaal gestoord, man, je hoeft daar toch niet alleen te lopen? Kom maar bij ons,' zei hij.

Tine hield helemaal niet van thee, maar toen we thuiskwamen, maakte ze een hele pot. We zaten alle drie aan de keukentafel. Tine zette de transistorradio aan en draaide het volume omhoog toen er een oud zeemansliedje op te horen was. Ze zei tegen mij dat ik naar mijn kamer moest gaan om mijn huiswerk te maken, dus dat deed ik. De muziek bleef een poosje doorklinken en Tine lachte nog steeds. Toen werd het stil en hoorde ik hun stemmen nog maar af en toe. Vlak voor halfvijf, het tijdstip waarop moeder altijd thuiskwam, knalde de gangdeur dicht. Ik stond op en liep bij mijn bureau vandaan. Ik zag Per Hansen over de parkeerplaats lopen. Tine was druk aan het opruimen in de keuken, hoorde ik. Tegelijkertijd verscheen moeder op haar zwarte fiets achter het eerste woonblok. Ze knikte toen ze Per Hansen voorbij fietste, stapte af en liep met de fiets naar de kelder. Toen ze weer naar buiten kwam, deed ik het raam open en riep ik haar toe: 'Hoi, mam!'

'Hoi, Jane.'

Ze tilde haar boodschappentas omhoog en zei glimlachend: 'We eten balletjes. Ik heb er veertien meegenomen.'

Moeder zei er niets over dat ze Per Hansen was tegengekomen. Ze pakte de boodschappen uit, trok andere kleren aan en begon aardappelen te schillen. Tine hielp mee en dekte helemaal uit zichzelf de tafel. Ze vertelde een lang verhaal over een van de leraren, en ze lachte en praatte heel netjes, op één moment aan tafel na, toen moeder de schaal pakte.

'Kun je geen "gehaktballen" zeggen, mam? Dat andere klinkt echt stom.'

Per Hansen begon regelmatig bij ons over de vloer te komen, ook als moeder thuis was. Ze mocht hem graag, behalve dan die afgetrapte schoenen van hem. Maar in november kreeg hij nieuwe, en toen viel er van moederskant helemaal niets meer te klagen. Tine daarentegen was nogal chagrijnig geworden: 'Zullen we een stukje gaan wandelen, Per? Ik heb geen zin om hier te zitten koekeloeren. Ik verveel me.' Of op een avond, toen moeder zei dat ze van plan was Per met kerst een atlas cadeau te doen, en Tine zei: 'Ach, waarom zou je dat doen? Ik zoek wel iets voor hem.'

Met kerst was de verkering uit. Tine leek heel opgelucht,

ze zong weer in de badkamer, en als kerstcadeau wilde ze uitsluitend geld, want nu wilde ze sparen voor een brommer, dan kon ze de volgende zomer helemaal naar Kramnitse rijden om te gaan zwemmen, want ze voelde de behoefte om wat nieuwe gezichten te zien. Daar kwam dan wel niks van, maar op kerstavond kreeg ze driehonderdvijftig kroon bij meneer en mevrouw Lund, waarvan honderdvijftig kroon in een blauwe envelop van Bo. Ze zette grote ogen op, toen ze het vele geld zag.

'Is dat van jou, Bo? Ben je helemaal gestoord, man?'

Bo keek naar de grond en schraapte zijn keel, maar toen stond meneer Lund voor deze ene keer op uit zijn stoel, en het werd heel stil in de kamer. Daarna liep hij naar Tine toe, legde een hand op haar schouder en zei: 'Tine, je kunt toch ook gewoon dankjewel zeggen. Er is geen enkele reden om het zó uit te drukken.'

25

Moeders fiets was van het merk Jönsson. Op een middag in juni kreeg ze op de weg tussen Rødby en Rødbyhavn een lekke band. Ze kwam van haar werk. Eerst probeerde ze verder te fietsen, maar dat hobbelde te veel. Ze stapte af en begon met de fiets aan de hand te lopen. Het was vier kilometer naar huis. Al wandelend voelde ze de warme wind op haar gezicht en op haar blote armen. Ze had een werkblouse aan, haar oksels zweetten.

De leeuweriken zongen. De ketting van haar fiets rammelde. Ze wilde de fiets naar Sørensen in de Havnegade brengen, dan kon ze hem de volgende ochtend vroeg ophalen. Een bus vol dagjesmensen kwam haar tegemoet, ze stopte en keek naar de gezichten achter de ramen toen de bus haar voorbijreed. Ze herkende iemand, een man met een rond hoofd bij wie ze vroeger in de klas had gezeten. Ze kon nog net naar hem zwaaien, en hij fleurde op en zwaaide terug, hij had haar ook herkend.

Ze keek de bus na en glimlachte. Toen ze verder liep, stapte ze op iets hards. Het was een oorbel die ze een keer in februari op weg naar huis verloren had. Sinds die tijd had ze voortdurend gekeken of ze hem ergens zag. Hij was niet eens stuk.

'Wat een geluk,' zei ze hardop tegen zichzelf, en ze stopte de oorbel in de zak van haar spijkerrok en haalde een keer diep adem. Ze rook het gras en de paarden, en er kwam muziek uit de lege cabine van een tractor.

Bij de boerderij na de Tredje Tværvej was een ram in zijn eigen touw verstrikt geraakt. Moeder zette haar fiets op de standaard en wist de ram los te krijgen door hem met een handjevol paardenbloembladeren een aantal rondjes te laten lopen. Ze kwam neuriënd bij haar fiets terug, en de bloemen van de vlier bij het bosje na het plaatsnaambord overweldigden haar. Ze zette haar fiets bij Sørensen in het fietsenrek, stak haar hoofd de winkel binnen en vroeg: 'Kun je mijn band voor morgenochtend vroeg lappen?'

'Voor jou doe ik alles, Henriette, wat zie je er prachtig uit vandaag.'

Over de rest van de weg naar huis viel weinig te vertellen, ze liep buitengewoon lichtvoetig, slingerde haar draagtas over haar schouder en kocht onderweg bij de oude kruidenier een paar ijsjes voor ons. Tine en ik lagen allebei op onze ligstoel op het terras, en daar stond ze ineens in de deuropening, glimlachend en met een verrassend open gezicht. We gingen snel rechtop zitten.

'Wat is er loos, mam?'

'Is er iets gebeurd? Je ziet er zo vreemd uit.'

Haar bovenlichaam zakte een beetje in elkaar. Vervolgens haalde ze de ijswafels uit haar tas en werd haar gezicht weer zichzelf: 'Nee, hoor. Er is niets gebeurd, hoor. Helemaal niets.'

26

Toen Tine op de veerboot ging werken, was ik steeds vaker met moeder alleen. We ontwikkelden een interesse voor moeilijke kruiswoordpuzzels, die we iedere avond met z'n tweeën oplosten. We zaten uren over de salontafel gebogen, totdat een van ons beiden rugpijn kreeg en koffie ging zetten. Andere keren zaten we te lezen. We hadden dezelfde smaak. Het moest het liefst gaan over iemand die het heel moeilijk had.

'Moet je dit eens horen, dit is net wat voor ons,' zei moeder een keer in de bibliotheek en ze begon de achterflap voor te lezen: 'Het verhaal van een hele familie die alles kwijtraakt.'

Op donderdag was het anders, dan lazen we om beurten de weekbladen en aten we een koffiebroodje of een stukje gebak dat ze onderweg van werk naar huis had gekocht. Moeder kon helemaal in beslag worden genomen wanneer ze zo'n blad in de schommelstoel zat te lezen. Een keer in december stond er een kerststukje naast haar in brand, terwijl ze zat te lezen. Het vuur had het gordijn bijna te pakken, toen ik met de koffie op een dienblad binnenkwam en haar in het schijnsel van de vlammen zag zitten. Eerst viel het me op dat het licht in de woonkamer zo prachtig was. Maar toen begon ik te gillen en moeder sprong op uit de schommelstoel. Ze pakte resoluut de kleiklomp beet, liep ermee naar de keuken en gooide hem in de gootsteen.

De vloerbedekking zat vol kaarsvet. De vlekken konden we eruit krijgen door er koffiefilters op te leggen en er met een heet strijkijzer overheen te gaan. Tine kwam halverwege deze operatie thuis.

'Waar zijn jullie mee bezig?'

Maar we konden niet zo snel antwoord geven, want Tine leegde een grote zak brekage op de salontafel, de Quality Street-snoepjes en dropjes vielen eruit. Ze zei: 'Kijk eens wat ik meegenomen heb. Ik heb ook een oogcrème voor je, mam.'

'Dat is mooi, Tine. Hebben jullie het druk gehad?'

'Hartstikke druk. Ik ben helemaal kapot. Heb jij je huiswerk gedaan, Jane?'

Het was voor Tine een prestigekwestie geworden dat ik altijd mijn huiswerk deed. Dat stoorde me, maar ik zei er niets van. Soms stond ze erop me te helpen. Dan deed ik alsof het wat moeilijker was dan eigenlijk het geval was. Tine vond dat ik na de middenschool zeker het atheneum moest doen. Daarna kon ik een lange opleiding volgen en een heleboel geld verdienen, zodat we met zijn drieën veertien dagen op vakantie naar Cyprus konden.

'Waarom moeten we in hemelsnaam naar Cyprus?' vroeg moeder.

'Nou ja, Oostenrijk dan. Het maakt niet uit. Gewoon ergens waar de zon schijnt.'

'Hoe kan ik in Rødbyhavn nou veel geld verdienen? Er is hier niemand die veel geld verdient,' zei ik.

'Dan moet je ergens anders gaan wonen.'

'Dat meen je toch niet serieus, of wel?'

'Ik kan gewoon met je mee verhuizen. Mama kan ook meegaan.'

'Ik ga niet verder verhuizen dan Rødby,' zei moeder.

'Tjonge, wat zijn jullie dom.'

Mijn lange reeks avonden thuis met moeder bleef doorgaan, ook toen ik een paar jaar later op het atheneum was begonnen. Ik was er zeker van dat ze van mijn gezelschap genoot. Toch vroeg ze mij op een zaterdagmiddag of ik niet eens een keer naar een feest moest.

'Marianne Hansen heeft gisteren vier kilo gehakt gekocht. Ze zei dat ze voor de hele klas gehaktballen ging braden.'

Dat wist ik wel, want ik had de opdracht gekregen om aardappelsalade te maken, maar ik had me dezelfde ochtend nog teruggetrokken met de smoes dat ik met Tine naar Kopenhagen zou gaan.

'En wat is dat voor verhaal dat Tine en jij naar Kopenhagen gaan?'

'Daar had Tine het over, maar toen kreeg ze toch ineens die ochtenddienst.'

'Weet je wat, Jane? Ik denk dat het heel goed voor jou is om naar dat feest te gaan.'

'Ik heb nu al afgezegd.'

'Dat kun je best nog terugdraaien. Je mag mijn blauwe blouse met die wijde mouwen wel lenen.'

Drie uur later stond ik op het toilet van het busstation met pasgewassen haar en trok ik andere kleren aan. De blauwe blouse van mijn moeder was al jaren uit de mode, maar ik had haar niet willen kwetsen. Toen de bus het plein op reed, dwong ik mezelf om in te stappen. Ik ging helemaal achterin zitten, met de plastic tas tussen mijn benen. De bus moest eerst langs de veerboot en daar zag ik Tine bij een groepje luidruchtige jongeren naast een auto staan. Ik klopte op het raam van de bus, maar dat maakte bijna geen geluid, dus stapte ik uit en liep naar haar toe. Ze was heel verbaasd toen ze me zag.

'Jane, wat doe jij hier? Waar ga je heen?'

'Er is een klassenavond, maar ik heb niet zo veel zin.'

'Nou, je kunt wel met ons mee. We gaan met de Paardenkop mee naar huis om gekookte haring te eten. Mijn zus gaat ook mee,' zei ze terwijl ze rondkeek, en iedereen knikte. Kim Andersen schudde een sigaret uit zijn pakje omhoog en bood me die aan: 'Wil je een sigaret?'

'Nee, dank je.'

'Verstandig. Ben jij niet dat meisje dat op de pier staat te vissen?'

'O, dat was maar één keertje.'

'Tine zei dat je zó'n joekel had gevangen.'

Moeder had gevraagd of ik tijdens de zomervakantie niet een dag met Bo Lund kon gaan vissen. Hij had bij een telefonische zangwedstrijd een vishengel gewonnen, en ik had ja gezegd, omdat ik in augustus de dagen wel een beetje lang vond duren. We hadden grote lunchpakketten bij ons en allebei een thermoskan. Bo stapte in een vlot tempo door op zijn klompen en had de vishengel over zijn schouder, maar toen struikelde hij en verzwikte zijn enkel halverwege de pier. Het deed enorm veel pijn, zag ik, en even later was ik bang dat hij een zenuwinstorting kreeg toen de zeepieren aan het haakje moesten.

'Godsamme, het stinkt naar bloed,' riep hij. Ik liet hem op een grote steen zitten en pakte een sigaret voor hem uit zijn rugzak. Hij werd weer wat rustiger en zwaaide naar de passagiers aan boord van de Danmark, ze zwaaiden terug, en toen zwaaide ik ook. Daarna gooide ik de hengel één enkele keer uit en ik had meteen een grote puitaal aan de haak, waarna we ons weer naar huis sleepten.

Ik ging met het groepje van Tine naar de brug achter het Danhotel. Ze zouden eerst naar de ouders van Majbritt gaan om appelwijn te drinken. Het galmde tijdens het lopen, en ik zag de bus om de hoek van de Færgevej verdwijnen. Nu zou ik niet meer op de klassenavond komen en ik merkte dat ik daar een beetje spijt van had, maar Tine stak haar arm onder de mijne en zei: 'Het werd ook wel tijd dat wij eens met zijn tweeën op stap gingen.'

'Ja.'

Maar ik wist maar al te goed dat ik weer naar huis zou gaan, al voor we bij het huis van Majbritt kwamen. Ik had bij Majbritts jongere zus in de klas gezeten en het leek me niet goed in dat huis te verschijnen om appelwijn te drinken. Ik hield Tine in de voortuin tegen: 'Ik ga toch maar naar huis toe, naar mama.'

'Weet je het zeker, Jane? Je moet het zelf weten.'

'Tot kijk.'

'Ja, is goed.'

Moeder zat tv te kijken. Ik zei dat ik te laat was geweest voor de bus, maar dat ik Tine en haar vrienden was tegengekomen en een tijdje met hen had staan praten. Dat ze me ook hadden uitgenodigd om gekookte haring te eten, maar dat dat niet echt iets voor mij was, en dat ik met ze opgelopen was via de Brovej. Moeder was blij dat ze een vers rapport over Tines doen en laten kreeg, en ze vroeg helemaal niet naar de bus die ik had gemist. Ze zette koffie en smeerde een boterham, en we zagen een film over een vliegtuigramp. Later, toen ik in mijn eigen kamer stond en me uitkleedde, realiseerde ik me dat ik moeders blauwe blouse met de wijde mouwen niet weer aangetrokken had voor ik naar huis was gegaan. Die zat nog steeds in de plastic tas, maar ze had er helemaal niets over gezegd, hoewel ik zeker wist dat ze het had gezien. Ik lag de halve nacht wakker. Ik kon mijn eigen bedrog niet uitstaan, en ook niet het gevoel dat dit teweeg had gebracht. De waarheid moet in de woonkamer hebben gegalmd, terwijl wij koffie zaten te drinken.

27

Tine was drieëntwintig en woonde al een poosje in haar eigen appartement. Op haar oude kamer stond een logeerbed, zodat ze altijd thuis kon komen slapen. Maar langzamerhand werd de kamer met allerlei spullen gevuld. Er was geen reden meer om met alle lege potjes rode bieten naar de kelder te gaan, en de strijkplank kon er blijven staan zonder dat iemand er last van had. Moeder knipte stekjes af en zette die daar op de vensterbank. Tine klaagde toen ze het zag: 'Zeg, wat is dit voor broeikas?'

'We kunnen de ruimte net zo goed gebruiken,' zei moeder.

'Ja, natuurlijk. Het gaat maar om mij.'

Tine was thuisgekomen om spliterwten te eten. De hele woning rook naar tijm. Het was zondag en ik moest de volgende ochtend mijn schriftelijk eindexamen Deens doen. Tine had druivensuiker voor me meegenomen van de veerboot: 'Voor als je bloedsuikerspiegel te laag wordt. Ik zal heel hard voor je duimen.'

We aten in de keuken. Moeder had spek gebakken en ook nog worst gebraden. We dronken er een boel bier en sterkedrank bij, moeder kreeg rode wangen en Tine lachte steeds harder. Ze vertelde over een van de vrouwen uit de parfumerie, die een hak van haar schoen brak, net op het moment dat ze voor twee Italiaanse mannen aan dek langs wilde flaneren: 'We zagen het allemaal, wij zitten in alle pauzes boven te zonnen.'

Dezelfde middag had Tine tijdens een overtocht aan het roer in de stuurhut mogen staan: 'Dat vergat ik nog te vertellen. Wát een uitzicht, zeg!'

'Moest je niet aan het werk?' vroeg moeder.

'Het was maar tien minuten. Kaj Hansen vroeg of ik wilde.'

'Is hij kapitein?' vroeg ik.

'Nee, hij is stuurman. Hij valt een beetje op me.'

'Je moet niet zo lopen flikflooien,' zei moeder.

'Ik flikflooi niet. Ik wilde graag eens aan het roer staan.'

'Hoe was dat?' vroeg ik.

'Alleen omdat jij nog nooit iets hebt geprobeerd,' zei Tine tegen moeder, en haar stem klonk heel gespannen: 'Jij hebt zelf nog nooit iets geprobeerd.'

Even later, toen we de tafel afruimden, kreeg Tine spijt van haar opmerking. Moeder had rumsoufflé gemaakt als toetje, en toen ze die uit de koelkast haalde en er stukjes amandel op strooide, legde Tine een hand op haar schouder: 'Sorry, mam. Je weet wel dat ik het niet zo bedoelde.'

Moeder gaf haar drie theelepeltjes en zei: 'Dan hebben we het er niet meer over.'

Maar de gezellige stemming wilde niet echt terugkeren, Tine was de rest van de avond zwijgzaam en heel timide voor haar doen. Moeder vroeg of ze wilde blijven slapen, maar ze had ochtenddienst, dus was het beter dat ze naar huis ging. In de deuropening stak ze beide duimen naar me op en zei: 'Ik zie je morgen. Welterusten.'

De volgende dag stapte Tine van boord met een gedeukte doos luxechocolade in haar tas, en tegelijkertijd zat ik in de bus vanuit Maribo naar huis. Tine stak de parkeerplaats over en liep via de Brovej naar het Syltholmspark. Ze wilde koffie voor me zetten en de doos chocolade op de keukentafel leggen voor moeder, als die thuiskwam van haar werk. Maar moeder was die dag helemaal niet naar haar werk geweest, ze had zich ellendig gevoeld en was thuisgebleven, en tegen de middag, toen ze naar de keuken wilde gaan om iets te eten, was ze in de hal omgevallen en niet meer overeind gekomen.

Ik stapte in de Havnegade uit de bus op het moment dat Tine de deur tegen het hoofd van het dode lichaam van moeder openduwde, het klonk dof, en Tine snapte er niets van. Toen ik in de deuropening stond, zat ze met wijd opengesperde ogen op de grond, bleek en hulpeloos, met een hand op moeders voorhoofd.

'Ik heb haar vermoord, volgens mij heb ik haar vermoord.'

Maar al meteen daarna veranderde de situatie, toen ik over mijn hele lichaam begon te trillen en ik mijn vuisten keer op keer tegen elkaar sloeg, tot Tine haar armen om mijn schouders heen legde: 'Het komt ook van al dat verrekte vlees dat ze steeds zat te vreten,' zei ze, en haar tranen liepen in de kraag van mijn witte blouse.

28

Op de dag dat de urn van moeder begraven was, maakte ik kruisbessenmoes. Ik stond in de keuken aan het Syltholmspark en roerde in de pan. Alle bessen gingen kapot. Tine zat bij het raam te roken. Ze woonde de hele zomer bij mij in ons huis en hielp me ook mee inpakken, voordat ik naar Næstved verhuisde. De pan pruttelde. De geur van de warme bessen vermengde zich met sigarettenrook. Geen van beiden zeiden we iets. 's Ochtends op het kerkhof hadden we ook gezwegen. Tine stond met haar bruine benen in sandalen bij het graf. Ik keek niet naar haar gezicht. Ik zag de zoom van haar wapperende zomerjurk, het grind, de rij lage heesters. Op weg naar huis legde iemand een hand op mijn schouder, toen we langs de bakker aan de haven kwamen. Ik bleef staan en draaide me om, en Tine bleef ook staan. Het was mijn oud-lerares Engels van school. Ze had grijs pagehaar, en ze liet haar hand een poosje op mijn schouder liggen. Ze zei dat ze het gehoord had over moeder en dat ze aan ons had gedacht. Ze had een broodzak in de andere hand, die er zwaar uitzag. Misschien was het een roggebrood of een cake en keek ze ernaar uit om er thuis aan te beginnen. Ze zei dat het goed was dat Tine en ik met zijn tweeën waren. Dat het belangrijk was dat we veel praatten over

hoe we ons voelden. Dat was het enige wat ons kon troosten.

Ik onthield dat woord, troosten. *Soothe.* We liepen verder. We zeiden nog steeds niets. Op een kleine tafel bij de
supermarkt van Tage Hansen stonden kartonnen bakjes
met bessen. We bleven staan. Tine pakte mijn hand beet.
We hielden elkaars hand stevig vast. Tage Hansen kwam
zelf naar buiten en gaf ons twee bakjes kruisbessen van het
tafeltje. Hij wilde er geen geld voor hebben. We praatten
even over het weer, de zon had de hele week volop ge-
schenen.

Ik pakte de pan van het vuur. Als iemand moeder vroeg
hoe het met haar ging, vertelde ze wat ze gedaan had. Nu
had ik kruisbessenmoes gemaakt. Tine keek me aan.

Denemarken-Duitsland

29

Het hotel heette Opera en lag bij een bouwplaats aan de rand van Hamburg. We kwamen pas ver na middernacht aan, onderweg waren we meermaals gestopt, zogenaamd om frisdrank en chocolade te kopen, maar zodra de auto voor het tankstation stilstond, begonnen we te zoenen, dus duurde de rit wat langer.

Abel had blijkbaar al van tevoren aan het hotel doorgegeven dat ik kwam. Hij was dezelfde middag na zijn werk naar een grotere kamer verhuisd, zijn spullen stonden nog steeds in sporttassen op het tweepersoonsbed. Toen we binnenkwamen werd ik vreselijk verlegen, omdat het bed kraakte toen ik erop ging zitten. Ik zag dat het hem ook zo verging en dat hielp me een beetje. Ik stond op, liep naar de balkondeur en trok het gordijn opzij. De bouwplaats was verlicht. Ik deed de deur open en stapte naar buiten, het balkon liep aan beide kanten door naar de andere kamers. Abel volgde me. Hij legde zijn armen van achteren om me heen, er stond een koude wind, en ik liet mijn hoofd tegen zijn borstkas leunen, ik voelde zijn ademhaling. Hij trok me mee de kamer in, naar het bed toe. We vergaten de balkondeur weer dicht te doen, maar dat gaf niets, we hadden bijna behoefte aan de koele lucht vanbuiten.

Hij moest de volgende ochtend om zeven uur op zijn werk zijn. Toen het halfvier was, sliepen we nog steeds niet. We lagen languit onder hetzelfde dekbed, de lamp op het bureau wierp een geel licht de kamer in.

'Hoe lang kun je blijven?' vroeg hij.

'Tot woensdag. Ik moet donderdag werken.'

'Overdag?'

'Ja, 's middags.'

'Heb je je zus verteld dat je hiernaartoe ging?'

'Ze weet ervan.'

'Je mag haar gerust bellen, als je wilt.'

Hij knikte naar de telefoon op het nachtkastje en draaide zich vervolgens helemaal om naar mij, keek me recht in de ogen.

'Ik vind het fantastisch dat je er bent.'

'Ja.'

'Ik moet morgen wel werken.'

'Ja, natuurlijk.'

'Je kunt de stad gaan bekijken. Je kunt ook gewoon hier blijven, ze hebben een sauna en een zonnebank. Heb je geld genoeg bij je?'

'Ja, ik heb wel wat geld. Zeg, Aksel?'

'Ja.'

'Vertel me eens waarom je hier werkt. Waarom werk je niet in Denemarken?'

'Zo is het gewoon gegaan.'

'Is het vanwege het geld?'

'Nee, niet alleen.'

'Waarom dan wel? Je zult je familie toch zeker missen.'

'Er valt niet zo veel te missen. Ik heb alleen mijn broer en mijn vader en moeder nog.'

'En de vrouw van je broer.'

'Ja, die ook.'

'Wat doen ze voor de kost?'

'Wat een boel vragen. Wil je het echt graag weten?'

'Ja, natuurlijk.'

'Mijn broer is ook elektricien. Mijn vader en moeder hebben een bloemenzaak.'

'In Brønshøj?'

'Nee, in Rødovre. Die hebben ze mijn hele leven al.'

'Dan heb je zeker altijd gratis bloemen kunnen krijgen?'

Hij glimlachte en zei: 'Reken maar. Ik had overal bloemen bij me.'

'Heb je veel vriendinnetjes gehad?'

'Een paar. Maar die waren heel dom en heel lelijk.'

'Dat was niet de reden dat ik het vroeg.'

'Niet? Laten we ergens anders over praten. Nee, misschien moeten we maar eens proberen te slapen.'

'Wat is je langste relatie geweest?'

'Ik heb echt de tijd niet bijgehouden, Jane.'

Hij stond op en deed de lamp op het bureau uit, keerde naar het bed terug, zoende me en trok het dekbed ver over ons heen en zei: 'Laten we nu maar gaan slapen. Ga lekker slapen.'

Ik hoorde helemaal niet dat hij 's ochtends wegging. Toen ik wakker werd, was het middag. Ik stond op en trok de gordijnen opzij. Het had licht gesneeuwd. Beneden op de bouwplaats liepen kleine mannetjes in oranje overalls en met lichtblauwe helmen op; al hun bewegingen zagen er goed georganiseerd uit. Als er ergens twee tevoorschijn kwamen, kwam er ergens anders een derde tevoorschijn, en uiteindelijk kwamen ze alle drie bij een berg grind bij elkaar. De machines maakten lawaai. Ik deed de balkondeur open en het geluid werd harder, maar ik hoorde ook een tv die aanstond. Dat geluid moest uit de kamer naast ons komen, ik zag dat de balkondeur op een kier stond. Ik had geen kleren aan en de lucht was ijskoud, dus ging ik naar binnen en deed de deur weer dicht. Ik kookte water in de waterkoker op het bureau en maakte een kop oploskoffie. Daarna nam ik een lang bad en smeerde me in met een crème die ik in Abels toilettas vond.

Ik bleef maar voelen dat ik de stad in moest gaan. Maar ik was bang om de weg kwijt te raken, en ik was ook bang voor de taal. Alle getallen en alle prijzen kon ik perfect uitspreken, maar ik was niet gewend om in het Duits een gesprek te voeren of de weg te vragen. De avond ervoor, toen we bij een benzinestation stopten om drinken te kopen, was ik mee naar binnen gelopen om te vragen of ik naar het toilet mocht. Terwijl Abel bij een schap stond te zoeken, liep ik naar de jonge bediende en glimlachte vriendelijk.

'*Tschüs*,' zei ik.

De bediende knikte een keer en keek me vragend aan, totdat Abel me te hulp schoot: '*Haben Sie eine Toilette, die meine Frau benutzen kann?*'

Ik voelde dat ik hoe dan ook naar buiten moest. Als Abel vroeg wat ik had gedaan, wilde ik graag iets interessants kunnen antwoorden. Ik telde mijn geld. Ik had net iets minder dan veertien Duitse mark en 188 Deense kroon.

Ik verliet het hotel met flinke pas en liep naar rechts, alsof ik in die richting een belangrijk doel voor ogen had. Iemand floot naar me vanaf de bouwplaats, maar ik draaide me niet om. Toen ik aan het eind van de straat gekomen was, kwam ik in een nieuwe villawijk terecht. Ik bleef doelbewust doorlopen. Na de vierde straat met villa's zag ik gelukkig iets wat op winkels leek.

Het was een soort winkelgalerij met kledingzaken, een grote supermarkt en een bakker. Ik had honger. Ik kocht een broodje ham, dat ik opat terwijl ik de etalages bekeek. Daarna kocht ik een zakje amandelen voor Tine en een plastic hondje voor Ditte.

Ik liep door de villawijk terug naar het hotel. Het was helemaal niet zo ver als ik dacht. Het was nog geen drie uur. Ik ging op het bed liggen en zette de tv aan. Toen ik even had gelegen, deed ik de balkondeur open en stapte ik naar buiten. Ik schrok me wild, want er stond een jongeman met ontbloot bovenlijf voor de balkondeur naast de onze. Hij had een dikke sjaal om zijn hals gewikkeld. Hij glimlachte en groette me met twee vingers.

'Sorry dat ik je liet schrikken,' zei hij met hese stem. Hij schraapte zijn keel en wees naar zijn hals: 'Ik heb keelontsteking. Ik heet Jens. Ik werk ook bij het installatiebedrijf.'

'Ben je ook elektricien?'

Hij knikte.

'Wat zijn er toch veel elektriciens,' zei ik, en toen begonnen we te lachen. Ik hoorde dat het pijn deed aan zijn keel.

Hij schraapte zijn keel weer en zei: 'Ik sta even van het uitzicht te genieten. Ik verveel me de pleuris.'

'Ben je al lang ziek?'

'Nee, alleen vandaag.'

Hij knikte naar zijn kamer en zei: 'Wil je een kop koffie? Aksel komt voorlopig toch nog niet thuis.'

'Ja, graag.'

'Kom maar hierlangs,' zei hij toen ik aanstalten maakte om via mijn eigen balkondeur binnen om te lopen.

Ik liep op blote voeten. Mijn voeten lieten sporen achter in de dunne laag sneeuw op het balkon toen ik eroverheen liep. Alles op zijn kamer lag door elkaar. Het rook er ook een beetje muf, maar niet onaangenaam. Hij pakte een stapel kleren uit de leunstoel, sloeg op de zitting en zei: 'Ga hier maar zitten. Sorry voor de rommel. Waar kom je vandaan?'

'Uit Rødbyhavn.'

'Bij de veerboten?'

'Nee, uit het dorp. Maar ik werk op de veerboot.

'Ah. Heeft Aksel je daar ontmoet?'

'Ja, zo kun je dat wel zeggen.'

'Hoe oud ben je?'

'Twintig.'

'Ik ben drieëntwintig. Ik ben de jongste van het stel. Ik kom uit Ølstykke, weet je waar dat ligt?'

'Nee.'

'Dat geeft ook helemaal niks. Zo, even koffiezetten.'

'Voor mij hoef je geen koffie te zetten, hoor.'

'Oké, dan geen koffie. Waar zullen we het eens over hebben?'

'Weet ik niet.'

We lachten. Hij probeerde te lachen zonder geluid, vanwege zijn keelontsteking. Hij lachte veel met zijn ogen, dat vond ik leuk. Zijn gezicht was nogal breed en zijn bovenlichaam compact en gespierd.

'Ik kan niet eens roken, dat doet te veel pijn,' zei hij. 'Maar dan nemen we een glas cola en wat pinda's.'

Hij haalde twee blikjes cola uit de kast, maakte ze open, haalde een glas uit de badkamer en schonk in. Hij gaf mij het glas.

'Het is schoon, hoor.'

'Dank je.'

Ik dronk cola. Hij zat op het voeteneinde van het bed en keek ondertussen openlijk naar me. Hij had iets heel jongensachtigs en onschuldigs over zich. Ik voelde me volledig op mijn gemak in zijn gezelschap. Hij hield me een schaal met pinda's voor. We zaten wat te kauwen zonder iets te zeggen, maar het voelde niet pijnlijk aan. De balkondeur stond op een kier en het tochtte om mijn voeten. Ik wreef ze tegen elkaar aan.

'Heb je het koud?'

Hij pakte het dekbed van de grond en legde dat over mijn benen.

'Hoelang blijf je hier eigenlijk?' vroeg hij.

'O, ik ga zo weer weg.'

'Ik bedoel, wanneer ga je terug naar Denemarken?'

'O, zo. Misschien donderdagochtend pas.'

'Ben je erg verliefd op hem?'

'Op wie? Op Aksel? Ja, ja.'

'Ja, dat kun je ook echt duidelijk horen.'

Op de bouwplaats begon een betonboor te boren. Hij keek naar de balkondeur, stond op en deed hem dicht. Hij ging weer op het bed zitten.

'Nou, proost dan maar. Fijn om een beetje gezelschap te hebben.'

'Heeft Aksel wel verteld dat ik meekwam?'

'Nee. Ik heb je gisteren op het balkon gezien.'

'O.'

Ik nam een paar pinda's. Ik voelde dat ik begon te blozen. Ik dacht eraan dat Abel en ik de afgelopen nacht de balkondeur niet helemaal dicht hadden getrokken.

'Dat is nogal een bouwplaats daar,' zei ik.

'Het is gewoon een bouwplaats.'

'Ja, maar hij is zo groot. Wat komt er?'

'Geen idee. Misschien moet het wel gewoon een bouwplaats blijven.'

'Een bouw-bouwplaats dus.'

Als hij lachte, bewoog zijn hele borstkas. Die was bijna driehoekig. Er liep wat cola uit het blikje in zijn hand.

'Nou. Laten we eens wat over onszelf vertellen. Hoort dat niet zo?' zei hij.

Toen ik naar de hotelkamer van Abel terugliep, duizelde het me. Ik was net op het bed gaan liggen, toen hij kwam. Hij ging op de rand van het bed zitten en zoende me.

'Heb je je vermaakt?'

Ik knikte. 'Ik heb een wandeling gemaakt. Ik heb wat in de stad rondgekeken.'

'Heb je honger?'

'Nee, niet echt.'

'Vanavond gaan we uit eten. Ik weet een leuke plek.'

'Dat klinkt goed.'

'Eerst kom ik even bij jou in bed.'

Even na zevenen verlieten we het hotel. De sneeuw was op alle wegen en trottoirs weggeveegd, maar op veel plaatsen was het glad. Ik kon niet helemaal goed met die roze leren laarzen uit de voeten. De schachten waren stijf. Ik had ook het gevoel dat Abel ze niet mooi vond. Hij had zijn hand op mijn schouder gelegd. Ik voelde me veel te klein naast hem. Er was ook iets met mijn stem aan de hand, ik kon hem niet natuurlijk laten klinken. Hij had iets meisjes-achtigs, en volgens mij hoorde Abel dat. Op een gegeven moment liepen we langs een sportzaak, waar een bal op een verlichte baan in de etalage in het rond stuiterde.

'Moet je die bal zien,' zei ik schel en wilde blijven staan, maar hij trok me meteen verder, nog steeds met zijn hand op mijn schouder.

'Doe eens gewoon, zeg, het is maar een bal, hoor,' zei hij.

Later, in het restaurant, suste hij me. Ik had een visgerecht besteld en had iets verwacht van gebakken schol met garnalen. Maar toen verscheen de ober met een schotel die zo groot was als de halve tafel en waarop allerlei soorten vis en schaaldieren sierlijk waren gedrapeerd. Ik slaakte een gilletje. Het klonk als 'oei!'.

Abel plaatste een vinger tegen zijn mond. Ik glimlachte naar hem, maar hij glimlachte niet terug. Hij boog zich over zijn paté. Ik keek rond. Er zaten andere stelletjes aan de tafels in het restaurant. Ze zaten blaadjes sla te kauwen of hun vlees te snijden zonder iets tegen elkaar te zeggen. Ze bekeken het etablissement over de schouder van de ander heen. Er was werkelijk niemand die iets zei. Abel hief zijn glas. Ik keek hem aan, terwijl hij een slok nam. Hij knikte tegen me. Ik boog een stukje naar voren.

'Het is zo triest dat mensen in restaurants op den duur niet meer met elkaar praten als ze getrouwd zijn,' zei ik.

Ik had een nieuwe klank gekregen. Ik klonk niet meer als een heel jong meisje. Ik zag dat Abel zijn oren spitste.

Hij zei: 'Denk je niet dat ze gewoon van het eten zitten te genieten?'

'Dat zal wel zijn, maar toch vind ik het triest.'

'Waarom vind je dat?'

Ik haalde mijn schouders op: 'Misschien kun je het niet voorkomen. Maar als ze dan een keer met elkaar praten, lijkt het heel gekunsteld. Ik vind het deprimerend. Ik wil nooit zo worden.'

Hij glimlachte naar me. 'Wat gebeurt er als jij zelf jaren getrouwd bent?'

'Ik ga niet trouwen.'

'Ga jij niet trouwen?'

'Nee. Ik heb daar totaal geen behoefte aan. Ik heb zoveel slechte huwelijken gezien.'

'Echt waar? Waar dan?'

'Om me heen. Overal.'

Ik bond de strijd aan met een kammossel. Ik wilde de discussie graag afsluiten. Ik wist niet goed hoe ik verder moest. Eigenlijk zat ik gewoon iets te herhalen wat Tine had gezegd toen ze in hotel Fugleflugten werkte: 'Jullie zouden al die echtparen in het restaurant eens moeten zien. Ze zitten maar in de lucht te staren, het is zo deprimerend.'

'Wat kun jij streng zijn, zeg,' zei Abel tegen mij.

Onderweg terug naar het hotel kon hij zijn handen gewoon niet van me afhouden. Hij pakte mijn paardenstaart vast, draaide hem tussen zijn vingers en trok me naar achteren. Hij zoende me tot ik er pijn in mijn kaken van kreeg. Wanneer we liepen, zette ik de ene leren laars voor de andere, als op een soort catwalk. Buiten bij het hotel kwamen we Jens tegen. Hij had een overhemd aan en had nog steeds de sjaal om zijn hals. Hij had wat eten gehaald bij een cafetaria, de damp sloeg uit de bak die hij in zijn hand had.

'Dag Jens, ben je weer beter?' vroeg Abel onderweg naar de foyer.

'Nee, eigenlijk gaat het niet zo geweldig,' zei Jens hees. 'Heeft Preben nog wat bij Baltzer voor elkaar weten te krijgen?'

'Hij haalt in elk geval zijn kabels nu. Nou, tot kijk.'

'Ja, tot kijk, hè,' zei Jens, en hij knikte, ook tegen mij, voor hij met zijn kartonnen bakje naar de lift toe liep.

We gingen in de bar zitten. Abel bestelde twee glazen witte wijn voor ons.

'Jullie leiden een merkwaardig leven hier,' zei ik.

'Ja, ach, het is maar voor even. Er is niemand die dit blijft doen.'

'Weten de anderen wel dat ik hier ben?'

'De anderen?'

Hij glimlachte. 'Dat weet ik niet. Alleen als ze ons samen hebben gezien.'

'O, op die manier.'

Hij was ooit voor een klus in Liechtenstein geweest. Hij vertelde een lang en ingewikkeld verhaal over een stel Japanners die het paleis van de vorst voor een hotel hadden aangezien. Uit pure schaamte hadden ze de hele weg de berg af achteruit afgelegd. Ik zat hem te bestuderen, terwijl hij zijn verhaal vertelde. Zijn haar viel over zijn voorhoofd. Hij had een groene merktrui aan. Ik vond het een mooie kleur, maar de trui stond hem niet echt. Telkens als hij lachte, ging zijn linkermondhoek een stukje omhoog. Die mondhoek leefde zijn eigen leven. Ik legde een hand op zijn spijkerbroek. Hij legde zijn hand bovenop de mijne.

Later lag ik in bed naar hem te kijken. Hij had zijn ogen dicht, en ik veegde een haar uit zijn gezicht.

'Aksel, ik vraag me af of je misschien toch in Brønshøj een vrouw hebt,' zei ik.

'Waarom vraag je je dat af?'

Hij bewoog niet.

'Dat weet ik niet. Het geeft ook niet. Ik begrijp het best dat je het niet verteld hebt.'

Hij bleef heel stil liggen. Ik kon niet eens horen dat hij ademhaalde.

'We zijn bezig uit elkaar te gaan,' zei hij vervolgens.

'Hebben jullie kinderen?'

Hij deed zijn ogen open en zei: 'Nee. Godzijdank niet. Echt waar. Sorry.'

'Je hoeft geen sorry te zeggen. Ik wil het alleen graag weten.'

30

Abel had een dienblad met ontbijt voor me gehaald en hem op het nachtkastje gezet, voordat hij vertrok. Het ei was nog warm. Ik zat in bed te eten en dacht aan wanneer ik naar Denemarken terug zou gaan. Ik moest om even voor twee uur de volgende dag beginnen. Hij had aangeboden vrij te nemen en me 's ochtends naar Puttgarden te brengen. Dan kon ik meteen naar mijn werk. Dat kon best, want ik had mijn uniform bij me.

De nacht was merkwaardig geweest. Ik werd vaak wakker en had het gevoel dat Abel ook wakker lag. Op een gegeven moment kreeg ik medelijden met hem en legde ik mijn hand onder het dekbed op de zijne. Hij reageerde helemaal niet. Maar even later schraapte hij zijn keel. Dus deed ik alsof ik sliep en haalde zwaar en voldaan adem.

Toen ik een broodje doormidden sneed, werd er aangeklopt. Het was Jens, die een beetje oploskoffie wilde lenen.

'Ik wilde niet via de balkondeur gaan, voor het geval je naakt zou zijn,' zei hij.

'Ik ben naakt. Ik kom zo meteen met wat koffie.'

'Goed.'

'Moet ik ook een luxebroodje meenemen?'

'Wat voor een broodje is het?'

'Gewoon een of ander Duits broodje. Ik weet niet hoe het heet.'

'Nee, dank je. Ik kan niks eten.'

We zaten elk aan een kant op zijn bed koffie te drinken. Hij klonk nog steeds schor. Vandaag had hij een sweatshirt aan en hij had zijn sjaal een extra keer om zijn hals geslagen. Zo leek het in ieder geval.

'Nou Jane, hoe vind je het in Duitsland?'

Hij sprak mijn naam op zijn Engels uit, dat vond ik wel leuk.

'Dat weet ik niet. Ik heb daar niet over nagedacht.'

'Je hebt toch ook iets van de stad gezien?'

'Ja. Ik heb niet veel gezien. Ik ben vooral gekomen voor Aksel.'

Hij knikte en zei: 'Natuurlijk.'

'Ik weet best dat hij getrouwd is, hoor.'

'Ja, maar hij is bezig met een scheiding, toch? Ik heb zijn vrouw gezien. Ze heet Linda. Ze heeft gigantisch lange benen.'

'O ja? Wat doet ze?'

'Iets met geld. Wat heb jij daar?'

'Dat daar? O, dat is gewoon een oude plek.'

'Kom, laat eens zien.'

Hij zette het kopje op het nachtkastje en kwam naast me zitten. Hij pakte mijn hand.

'Hoe lang zijn haar benen dan?' vroeg ik.

'Afgrijselijk lang.'

'Ziet ze er goed uit?'

'Ik vind van niet. Maar Aksel vindt waarschijnlijk van wel. Of, vond van wel.'

'Hoelang zijn ze al getrouwd?'

'Waarom vraag je het hem zelf niet? Ik weet eigenlijk niet zo veel over hem.'

Hij liet mijn hand los.

'Zullen we een stukje gaan rijden, zodat je wat van het land ziet?' vroeg hij.

'Met wat rijden?'

'Ik heb mijn wagen beneden staan.'

'Mag jij wel naar buiten?'

'Wie zou daar iets van willen zeggen? We kunnen naar een meer rijden om vogels te kijken.'

'Volgens mij is het glad. Het heeft vannacht weer gesneeuwd.'

'Niemand kan zo sneeuw ruimen als de Duitsers.'

'Maar die keel van jou dan?'

'Die keel kan me wat. Bij dat meer moeten arenden zitten.'

'Interesseer jij je voor vogels?'

'Nee. Jawel, wel voor arenden. Jij niet?'

'Jawel, als het om arenden gaat wel.'

'Er moet ook een restaurantje zijn, waar je karper met roomsaus kunt eten.'

'Karper? Dat heb ik nog nooit geproefd.'

'Ik ook niet. Zullen we gaan?'

De auto was blauw en zowel vanbinnen als vanbuiten tamelijk smerig. Hij haalde een paar snoeppapiertjes van de voorstoel, maakte een galant armgebaar en zei: 'Stap maar in. Heb je genoeg kleren aan?'

'Dat denk ik wel. Ik heb trouwens niks anders.'

'Ga daar maar gewoon met je voeten op staan.'

Er lag een deksel van een doos chocolade bij mijn voeten. Ik zette mijn voeten erop en liet me achterover in de stoel zakken.

Hij reed op een heel grappige manier. Hij zat voorover gebogen, met zijn nek naar voren gestoken en zijn ogen toegeknepen, alsof hij ergens op focuste.

'Vroemm,' zei hij op het moment dat we door oranje een kruispunt over staken.

We reden de stad uit richting het noorden. De wegen waren inderdaad schoongeveegd, de sneeuw lag in keurige wallen langs de kant van de weg, af en toe verwaaide er wat. Ik draaide het raampje naar beneden en ademde een keer diep in. Het stonk naar brand, er kwam een dun streepje rook uit de schoorsteen van een huis aan een bosrand. De weg deelde het bos middendoor, Jens minderde snelheid. De bosbodem was bedekt met een dun laagje sneeuw, de hemel boven de kale boomtoppen was helblauw.

Na het bos opende het landschap zich, met witte velden die schuin afliepen naar een groot meer. In de verte, aan de andere kant van het water, konden we een kerkje zien liggen. Hij sloeg af en reed over een grindweg in de richting van het meer. Toen we niet verder konden, zette hij de auto onder een grote boom neer. We stapten uit en lieten de auto onafgesloten achter.

'Hier is vast niemand voor wie we bang hoeven te zijn,' zei hij.

Ik stak mijn arm onder de zijne, toen we wegliepen. Het deed op geen enkele wijze gekunsteld aan. Hij droeg zwarte schoenen met dikke zolen. Het pad boog scherp naar links en begon naar beneden te lopen.

Aan de rand van het meer was een kunstmatig zandstrand aangelegd. De sneeuw lag in een dikke laag op de daken van twee kleine, zwartgeverfde badhokjes. De deur van het ene hokje was stuk gegaan en hing nog maar aan één hengsel. Toen Jens hem beetpakte, viel hij er helemaal af. Hij gooide hem in de sneeuw en we liepen de hut in en omhelsden elkaar. Zo stonden we geruime tijd. De franje van zijn sjaal bewoog heen en weer als hij uitademde. Zijn haar rook warm en een beetje ongewassen, ik deed een stap achteruit en keek hem aan. Hij glimlachte.

'Nu moeten we ook naar die arend gaan kijken,' zei hij.

'Ja, dat moeten we zeker doen.'

We zoenden elkaar. Hij liet zijn handen onder mijn sweater glijden. Hij voelde helemaal niet koud aan, zijn handen cirkelden in het rond op mijn rug. Hij had een manier van zoenen die ik nog niet eerder had meegemaakt. Afwisselend bewoog hij naar mijn mond toe en trok zich dan weer terug. Het was heel prikkelend, maar het kwam ook wat automatisch over. Hij had die techniek ongetwijfeld heel vaak gebruikt. Ik liet hem los, keek naar hem op en vroeg: 'Ben jij eigenlijk ook getrouwd?'

'Nee, jij dan?'

'Nee, maar Abel wel.'

'Wie?'

'Aksel. Hij is ook getrouwd.'

'Nu kan ik het niet meer volgen.'

'Ik ook niet. Maar jij bent heel lief.'

'Jij ook. Ik ben dus niet getrouwd.'

'Mooi.'

'Ik heb acht maanden een vriendin gehad, maar dat was vorig jaar.'

'Da's lang.'

'Ja. En jij?'

'Dat is steeds wat af en aan,' zei ik. 'Nu heb ik Aksel.'

'Ja, of wat je daar dan ook aan hebt.'

'Ja, wat ik daar dan ook aan heb.'

We liepen terug naar de auto, reden rond het meer en vonden het restaurantje waar hij over had gehoord. We aten visfilet met frites, geen van ons beiden had echt zin in karper. Hij praatte veel tijdens het eten. Hij zoog zijn frites bijna naar binnen. Ik dacht aan de vrouw van Abel met haar lange benen. Ik wilde dat ze niet bestond. Ik dacht aan Abels ademhaling de afgelopen nacht, hoe hij naast me wakker had gelegen. Zijn kleren hadden over de gestoffeerde rug van de stoel gehangen. Jens dronk een halve liter melk bij het eten. Hij veegde zijn mond met de achterkant van zijn hand af.

31

Ik stapte een eindje bij het hotel vandaan uit de auto om het laatste stuk te lopen. Vanwege het gezoen in het bad-hokje konden we nu natuurlijk niet tegelijk aankomen. Jens zwaaide discreet, toen hij me in zijn voorovergebogen houding achter het stuur voorbijreed.

'Vroemm,' fluisterde ik de auto na en toen begon ik te huilen.

Ik weet niet waar die huilbui vandaan kwam. Ik denk dat het door het idiote geluid kwam en misschien ook wel door de zon die zo fel in de sneeuw langs het trottoir en de weg scheen. Jens verdween om de hoek. Ik liep met mijn handen in mijn zak en telde een paar munten die erin za-ten, zonder dat ik wist of het Duitse of Deense waren, als-of het belangrijk was om uit te zoeken hoeveel geld ik over had. De tranen stroomden over mijn wangen. Ik stopte bij een kruising, en een oudere vrouw met twee volle plastic tassen in de hand keek me vragend aan en vroeg: '*Kann Ich Ihnen helfen?*'

'*Nein, danke.*'

Ik schudde mijn hoofd, de tranen spoten uit mijn ge-zicht. Ik moest wel een fontein lijken. Ik glimlachte naar haar en zei: '*Ich bin dänisch.*'

'*Ach, so,*' antwoordde ze en ze knikte. De gevoerde rand

188

van haar hoed wipte op en neer.

Het voetgangerslicht werd groen en ik stak over. Mijn handen bleven het geld in mijn zak tellen. Ik hoefde aan het eind van de straat alleen nog maar rechts af te slaan, dan was het hotel een paar honderd meter verderop. Ik ging op een trapje zitten bij iets wat op een wasserij leek. Ik maakte geen geluid, maar de tranen bleven stromen.

Ik kon net zo goed doorzichtig zijn. Mijn been op het trapje bewoog, maar dat hoefde niet het mijne te zijn. Ik lag ooit in het helmgras en dacht eraan dat ik misschien was opgelost. Ik was zestien, het was een grijze dag. Tine stond bij het water en zwaaide naar iemand in een boot. Mijn lichaam was helemaal verdwenen, het was een bevrijdend gevoel. Tine draaide zich om en kwam naar me toe. Ze trok me omhoog en borstelde het zand van me af.

Ik zat heel lang op het trapje. Toen ik opstond en naar het hotel terugliep, waren mijn tenen in de leren laarzen helemaal gevoelloos geworden. Ik voelde me verdoofd en opgelucht. Ik ging naar mijn hotelkamer, pakte schrijfblok en pen uit de bureaula en schreef het op: 'Verdoofd en opgelucht'. Het was de eerste keer dat ik zoiets schreef. Ik keek naar de woorden, ze zeiden me helemaal niks. Het was bijna alsof ik moeders stem hoorde: 'En nu gedraag je je.' Ik knikte, het klopte ook wel, het was net als met die rillingen op mijn kamertje in Næstved. Het was geen zenuwinzinking, het was de gedachte eraan.

32

'Vrouwen zonder man,' zei Abel.

Hij lag op het bed naast me te luisteren. Hij was tegen halfvijf thuisgekomen en toen hij mijn betraande gezicht zag, keek hij ontzettend geschrokken. Ik had met een cola op de vensterbank gezeten. Een halfuur eerder had Jens me vanuit zijn kamer gebeld. Ik had hem bedankt voor het uitje, maar gezegd dat ik niet wist of ik nog een keer mee wilde. Het klonk alsof hij het niet zo zwaar opnam. Hij had een zeer aangename telefoonstem.

Abel was er als vanzelfsprekend van uitgegaan dat ik verdrietig was omdat hij een vrouw had. Dat was ik ook. Maar ik zei tegen hem dat dat niet het enige was. Hij vroeg wat er nog meer aan de hand was, maar ik wist niet wat dat dan moest zijn. Ik vertelde over onze buurt. Dat ik het allerliefst daar wilde blijven wonen en op de veerboot wilde blijven werken, maar dat ik ook het gevoel had dat ik iets anders zou moeten gaan doen. Ik vertelde over Ditte en Tine en uiteindelijk ook iets over moeder. Abel zei niet zo veel, hij lag te luisteren. Misschien voelde hij dat hij me zijn aandacht verschuldigd was. We spraken helemaal niet over hem.

Pas tegen negen uur 's avonds gingen we naar beneden om wat te eten in de dichtstbijzijnde grillroom. We hadden beiden veel honger. We aten in stilte. Het voelde alsof ik voor de komende, lange tijd genoeg had gezegd. Toen ik mijn halve kip op had, liep ik naar de balie en bestelde ik twee braadworst met brood.

'Wat een ongelooflijke eetlust heb jij, zeg,' zei hij.

'Ja.'

'Wil je mijn biefstuk eens proeven?'

'Nee.'

'Zullen we een ijsje meenemen naar de hotelkamer?'

Ik knikte en zei: 'Ja, dat kunnen we wel doen.'

'En daarna moet je zorgen dat je een goede, lange nacht maakt. Ik rij je morgen tegen tien uur naar Puttgarden.'

'Wanneer ga je zelf terug naar Denemarken?'

'Dat weet ik nog niet. Misschien pas na Pasen.'

'Wonen jullie nog steeds bij elkaar?'

Hij keek naar de grond: 'Niet echt. Zij is een gedeelte van de tijd bij haar ouders.'

'Wat doet ze?'

'Ze is onderwijzeres, maar ze wil een nieuwe opleiding gaan doen. Ze interesseert zich enorm voor voeding.'

'Hoelang zijn jullie al bij elkaar?'

'Vijf jaar.'

'Dat is lang.'

'Ja.'

'Heeft zij ook iemand anders gevonden?'

Hij fronste zijn wenkbrauwen. Hij kreeg geen tijd om te

antwoorden, want ik legde mijn hand op de zijne en zei: 'Ik bedoelde het niet zo. Ik weet best dat het niet zo in el- kaar zit. Ik ben niet iemand anders. Dat weet ik best.'

33

Toen ik Witte Donderdag wakker werd, had ik ongelooflijke pijn in mijn keel. Ik kon niet slikken en het brandde als ik door mijn mond ademde. Abel stond in de badkamer onder de douche te zingen. Ik stond op en liep naar hem toe. Het water klaterde op ons neer. Hij zeepte mijn rug in en kuste mijn schouders. Het water bleef maar stromen. De spiegel besloeg helemaal.

'Nu kun je je niet scheren,' fluisterde ik terwijl ik hem een handdoek aangaf.

'Kan ik me niet scheren? Zeg, wat klink jij vreemd.'

'Ik heb een beetje last van mijn keel.'

'Echt waar? Doe je mond eens open.'

Ik opende mijn mond en ging vlak onder de lamp in de badkamer staan. Hij keek erin en zei: 'Het is helemaal rood. Je voelt ook warm aan.'

'Ik voel me ook niet zo lekker.'

'Het gaat rond op dit moment. Dat heb je vast en zeker te pakken.'

'Ik weet niet of ik naar mijn werk kan.'

'Met zo'n stem in elk geval niet.'

Ik belde naar kantoor en meldde me ziek, terwijl Abel naar beneden ging om ontbijt te halen. Daarna belde ik naar

Tine. Ik liet hem heel vaak over gaan, tot ik me bedacht dat ze ochtenddienst had. Het was pas de dag erna dat ze nachtdienst had. Zaterdagochtend werd meneer Lund begraven, dus dan móést ik thuis zijn. Ik belde mevrouw Lund. Het eerste wat ik hoorde toen er werd opgenomen, was Dittes huilen op de achtergrond. De verbinding kraakte, en vervolgens zei mevrouw Lund: 'Ja, met Åse.'

Ik legde neer zonder iets te zeggen. Plotseling leek het me onmogelijk om uit te leggen waarom ik belde.

Ik kon niets eten of drinken. Gelukkig was ik nog steeds behoorlijk vol van de avond ervoor. Abel stapelde kussens achter mijn rug en zette de tv aan. Hij zat naast me op het bed zijn broodje te eten. Nu hij me toch niet naar Puttgarden hoefde te rijden, zou hij om negen uur naar zijn werk gaan. In zijn middagpauze zou hij naar de apotheek lopen om medicijnen voor me te halen en daarna meteen bij mij langskomen om te kijken hoe het met me was.

'Ze hebben hier heel goed spul dat je zonder recept kunt kopen,' zei hij.

Op de Duitse tv was een programma over een hoedenmaker. Ik voelde me volledig rustig en ontspannen na de warme douche. Als ik gewoon niet slikte, was het niet zo erg met mijn keel. Alles geurde naar koffie en maanzaad. De hoedenmaker probeerde een van zijn eigen hoeden uit.

Abel vertrok. Misschien had ik koorts, want ik wist niet precies of ik rilde of dat ik zweette. Ik kroop beurtelings onder de deken en schopte die van me af. Op een gegeven moment stond ik op en liep ik naar het balkon. De deur naar de kamer van Jens was dicht, hij was vast en zeker weer beter en naar zijn werk gegaan. De koude lucht deed pijn aan mijn keel en ik haastte me terug in bed. Ik viel in slaap en toen ik weer wakker werd, zat Abel op het voeteneinde naar me te glimlachen met een doosje pastilles met zwarte-bessensmaak in zijn hand. Hij had ook aspirines gekocht, en toen ik er een paar had genomen, ging het al een stuk beter. De koorts verdampte, ik zweette.

's Avonds haalde hij goulash-soep voor me in een grote kom, maar ik kon nog steeds niet eten. Hij had ook eten voor zichzelf meegenomen, een soort stoofpotje met rijst en witte saus. Hij dronk er een biertje bij. Na het eten schonk hij een grote whisky voor ons in.

'Dat zal je goed doen.'

'Denk je?'

'Dat weet ik zeker. Kom hier.'

Hij trok me naar zich toe.

'Ik begin je steeds leuker te vinden,' zei hij.

We dronken de ene na de andere whisky. Ik hield nog steeds niet van de smaak, maar het werkte goed. Ik vergat mijn keel helemaal, ik praatte en praatte maar. Abel werd helemaal wild. Hij deed een dansje in onderbroek en sokken, ik lachte zo hard dat de whisky uit mijn glas klotste. Ik sprong op, stapte in de leren laarzen en danste rond zonder verder iets aan. Ik dook naar voren en trok zijn onderbroek uit, hij pakte me vast en veegde alles met zijn ene arm van het bureau. De lamp hing als een droogkap boven zijn hoofd, hij stootte er steeds met zijn hoofd tegenaan, terwijl ik zo hard aan het gordijn trok dat de gordijnhaken het begonnen te begeven. We verhuisden naar het bed en zoenden, schonken meer whisky in, lagen heel stil naar elkaar te kijken, stonden op en trokken het scheve gordijn opzij. We waren allebei naakt, op de sokken en leren laarzen na.

'Het sneeuwt alweer,' zei hij.

Buiten was het ongelooflijk licht. De sneeuw, de maan en de schijnwerpers op de bouwplaats verlichtten alles. De machines en de half afgebouwde muren wierpen lange schaduwen. We stonden hand in hand.

'Voel je je nu wat beter?' vroeg hij.

'Stukken beter.'

Niet zo lang daarna ging de telefoon. Ik weet niet wie het was. De vrouw van Abel lag in het ziekenhuis met een blindedarmontsteking. Ze voelde zich al een paar dagen heel beroerd, maar ineens was de pijn ondraaglijk geworden. Ze had op een openbaar toilet liggen schreeuwen en toen de ambulance verscheen, was ze al bewusteloos. Ze was in levensgevaar geweest, maar op dit moment werd ze geopereerd.

Hij stond nog steeds naar de telefoon te kijken, toen hij het me vertelde. Vervolgens ging hij op het bed zitten, hij zakte helemaal in elkaar. Hij zat zonder iets te zeggen en zonder me aan te kijken. Toen hij zo een poosje had gezeten, stond hij resoluut op en pakte hij wat kleren uit de kast. Hij zei dat hij onmiddellijk naar Denemarken moest. Ik zei tegen hem dat hij nu niet kon rijden. Hij gaf geen antwoord, maar kleedde zich met snelle bewegingen aan.

Ik sloeg een deken om me heen. Ik liep de gang op en klopte bij Jens aan. Hij deed met een slaperig gezicht open, de tv achter hem stond aan. Ik legde uit wat er was gebeurd en vroeg of hij wilde helpen. Hij knikte, liep Abels kamer binnen en legde een zware hand op zijn schouder.

'Ik breng je wel naar huis. We vertrekken meteen.'

Hij sloeg Abel een paar keer op de schouder. Die aanraking bracht Abel aan het huilen. Zijn huilen was het tegenovergestelde van het mijne. Er vloeiden bijna geen tranen, maar hij maakte heel veel geluid. Als loeiend vee in de schemering. Ik volgde hen naar de lift, nog steeds met de deken om me heen gewikkeld. Voor de liftdeur dichtschoof, keek Jens over de schouder van Abel naar mij en vroeg: 'Red jij je, Jane?'

Ik knikte.

34

De deur naar onze kamer was in het slot gevallen. Ik stond aan de klink te trekken. De vloerbedekking was bruin en harig, de lampjes aan de muur gaven geel licht. Er waren geen andere mensen op de gang behalve ik.

Gelukkig had Jens zijn deur niet op slot gedaan. Ik liep de kamer door naar het balkon om te kijken of ik de auto voor het hotel kon zien. Dat kon ik niet. Er kwamen een paar taxi's langs en een man op een wagentje dat de sneeuw van het trottoir veegde. Ik dacht aan Abel en Jens in de auto. Ik dacht aan Abels vrouw op de operatietafel. Ik kon de gedachte eraan niet uitstaan, ik liep de kamer in en deed de balkondeur dicht.

Ik had vreselijke dorst. Op het nachtkastje stond een blikje cola waar nog wat in zat. Ik dronk het op, mijn keel brandde en deed pijn. Ik ging in bed liggen en trok het dekbed om me heen. De tv stond aan. Ik liet hem de hele nacht aan staan en liet ook het licht branden. Ik werd heel vaak wakker en volgde de digitale klok op het testbeeld. Vroeg in de ochtend was er een kerkdienst uit Keulen op. Ik zette de tv uit en sliep verder.

Het was vrijdagavond kwart voor acht toen ik wakker werd. Ik was kletsnat van het zweet, maar mijn keel voelde niet meer zo rauw aan. Ik slikte een paar keer, dat deed ook niet zo'n pijn meer. Maar mijn stem was bijna verdwenen, er was alleen nog een gepiep over. Ik ging zitten en keek naar de stapels in de kamer. Alle kleren van Jens lagen bij het raam, de vloer was bezaaid met Duitse kranten en lege chipszakken. Ik keek in de bureauladen. In de onderste la lagen een halve reep chocola en in totaal honderd D-mark. Ik pakte een stuk papier en een pen en schreef een briefje, 'Jens, Ik heb vijftig mark geleend. Bedankt. Tot ziens', en pakte het geld van het stapeltje.

Ik ging onder de douche en waste mijn haar. Daarna zocht ik tussen de stapels kleren. Er zat een niet zo grote spijkerbroek tussen en een sweatshirt met TEAM UCLA op de voorkant. Ik trok beide aan. Gelukkig had hij ook een extra jas in de kast hangen. Ik probeerde die, en als ik de mouwen een paar keer omsloeg, ging het wel.

Hij had geen föhn op zijn kamer, dus moest ik wachten tot mijn haar droog was. Ik zat op de rand van het bed en keek in de spiegel. Als ik lang genoeg achter elkaar keek, kon ik mezelf met de ogen van een vreemde bekijken. Ik zag er bleek, wat sjofel en niet bijzonder opgewekt uit. Zo meteen zou ik het hotel verlaten, het station zoeken en een treinverbinding naar Puttgarden vinden. Onder normale omstandigheden zou ik bang geweest zijn voor zo'n reis, maar dat was nu niet het geval. Ik wist niet waarom.

Ik stopte de broekspijpen in mijn laarzen. Dan kon je ook niet zien dat de broek te lang was. Voor ik wegging, vouwde ik alle kleren op de grond keurig op en legde ze in de kast. Ik schudde het kussen, streek het laken glad en sloeg het dekbed opzij. Ten slotte pakte ik de halve reep chocolade, die ik in stukken brak, en legde de stukjes op een rijtje op zijn nachtkastje. Ik liet het bedlampje branden en vertrok.

35

In de wachtruimte in Puttgarden rook het naar sinaasappels. Ik had gehoopt dat ik met de veerboot Danmark van na zes uur mee kon, de laatste overtocht tijdens Tines nachtdienst. Maar het was al over zevenen, toen ik bij de aanlegsteiger uitstapte. Ik had het grootste deel van de nacht voor het station in Oldenburg doorgebracht. Het was ijskoud, maar dat had me niet zo veel kunnen schelen. Ik had staan springen, terwijl ik de broekband van de grote spijkerbroek vasthield. Als ik geen zin had om te springen, haalde ik koffie uit een automaat en warmde ik mijn handen aan de plastic beker. Uiteindelijk was de automaat leeg.

Een groepje Duitse personeelsleden at brood en dronk jus d'orange. Ze hadden hier blijkbaar niet hun eigen wachtruimte. Ik liep door de glazen deur de trap op naar de loopplank. De Theodor Heuss legde in een sneeuwbui aan, de lucht was helemaal grijs, en de oranje vesten van de Duitse matrozen lichtten op onder de openstaande boeg. De veerboot gleed op zijn plek, het kraakte en schuurde, de loopplank werd uitgegooid. Ik ging als eerste aan boord en liet mijn ticket zien aan een oudere matroos met een borstelige snor. Hij zei: '*Fraülein, Fraülein,*' terwijl zijn snor bewoog, en ik knikte tegen hem.

Ik kocht een kop thee en ging in de salon zitten. Ik moest eraan denken dat Tine nu niet de zak amandelen kreeg die ik voor haar had gekocht. Mijn paspoort lag ook in het hotel in Duitsland, maar dat gaf niet zo veel. Wanneer we in Denemarken waren, kon ik via de personeelsuitgang naar buiten.

De veerboot schommelde licht. Buiten zag alles er verder rustig uit. De grijze lucht en de grijze zee liepen in elkaar over. Zelfs toen we in de buurt van Rødbyhavn kwamen, konden we nog steeds geen land zien. Maar toen doken er groene lichten op, knipperende lichtjes in de vallende sneeuw, twee scheepjes met mannen op het dek, ver beneden ons. Ik stond op en liep naar het raam, een stukje verderop lag een grijsgroene tanker. Ik bleef kijken, terwijl we langsvoeren. Toen waren we bijna in de haven. Het water sloeg tegen de pieren, de meeuwen stegen op. De Danmark lag aan de binnenste ligplaats met een gat in het bovenste gedeelte van de romp. Het metaal aan de rand van het gat stond naar buiten. Een paar matrozen liepen op het dek erboven. Voor zover ik het kon beoordelen, zat het gat precies bij de supermarkt. De Theodor Heuss legde aan, de loopplank werd uitgegooid en ik liep via de loopbrug naar de Danmark. Er waren touwen voor de ingang gespannen, zodat je niet aan boord kon. Ik leunde naar voren en keek naar binnen. Jimmy stond met een krakende walkietalkie bij de informatiebalie, hij zag me staan en riep: 'Je mag hier niet komen.'

'Jimmy, wat is er gebeurd?'

Hij kon onmogelijk horen wat ik fluisterde. Maar de hand met de walkietalkie viel langs zijn zij en hij kwam op me af. Hij zei: 'O, ben jij het? Ik herkende je helemaal niet.'

'Wat is er gebeurd?'

'We zijn aangevaren door een tanker. Er is een groot gat in de romp gekomen.'

Hij stapte over de touwen en kwam naar me toe. Het was een paar uur geleden tijdens de laatste overtocht gebeurd. Er was niets te doen geweest, dus hadden veel medewerksters op de paktafel in de supermarkt gezeten. Zelf was hij daar ook geweest om iets te kopen. Er had een knal geklonken en een snijdend geluid, het metaal was gescheurd als een stuk papier. Marie Svendsen was als het ware achteruit door het gat meegezogen, het ging allemaal zo ongelooflijk snel.

'Ze zijn haar daar nog steeds aan het zoeken,' zei hij.

Hij knikte heel langzaam.

'Tine wist haar hand nog beet te pakken. Ze was razendsnel. Maar op het laatst kon ze haar niet langer vasthouden.'

'En wat deed ze toen?'

'Toen moest ze wel loslaten. Ze heeft haar losgelaten.'

Ik vroeg me af of mijn benen me zouden blijven dragen. Ik hield me vast aan de touwen, de veerboot leek te schommelen en te deinen.

'Waar is Tine nu?' vroeg ik.

'Ze is van boord gegaan. Ze zijn allemaal van boord gegaan.'

Ik ging de trappen af en liep met heel kleine stappen naar de wachtruimte voor het personeel. Mijn handen en voeten prikten. De meeste mensen moesten worden verhoord, maar sommige mochten naar huis. Stephanie Christensen was met een ambulance opgehaald. Ze was tijdens het voorval flauwgevallen en was met haar hoofd tegen de vloer gesmakt. Er zat een groepje in een blauwe wolk sigarettenrook gehuld, het kleine hoofd van Mona lag op de schouder van Gerda te huilen. Palle en Laila staarden voor zich uit, Ingeman-Hansen stond notities te maken in een kladschrift, zo leek het. Elsebeth stond op en kwam naar me toe in de deur.

'Heb je het gehoord? We zaten allemaal naast haar toen het gebeurde. Tine is al weg. Ze zei dat ze naar een begrafenis moest. Ze heeft dit vergeten.'

Ze gaf me Tines boodschappentas. Ik keek erin, er zat een doosje snoepjes in en een weekblad. Achter Elsebeth snoof Mona een keer: 'Heeft iemand een servetje?'

'Ik wel,' zei een stem.

'Er liggen een paar op tafel,' zei een ander.

'Weet jij hoe laat het is?' fluisterde ik tegen Elsebeth.

'Over negenen. Wat is er met jou aan de hand? Je klinkt zo gek. Ben je ziek?'

'Ja. Ik ga weer. Hoe ga jij naar huis?'

'Carsten komt me zo halen. Wil je niet meerijden?'

'Nee, dank je. Het is beter dat ik nu ga.'

We omhelsden elkaar. Ik voelde haar hals tegen mijn wang, ze slikte een paar keer.

Ik liep via de Brovej en door de Havnegade naar onze buurt en de kerk. Er lag wat sneeuw op het trottoir en de rijbaan, maar de lucht voelde niet koud aan. Ik liep met de bungelende tas van Tine langs mijn lichaam. De kerkklokken luidden. Ik begon te rennen. Ik rende het hele laatste stuk. Op de parkeerplaats bij de kerk stond Bo Lund in de geel-zwarte trui Ditte in de wandelwagen te wiegen. Ik rende naar hem toe. Hij knikte, waardoor de ijsmuts over zijn voorhoofd zakte. Ik boog voover en zag het kleine, slapende gezichtje liggen. Ik was helemaal buiten adem. Nu zag ik pas echt hoe ze eruitzag. Dat kwam, doordat ik haar een paar dagen niet gezien had. Ze leek op ons allemaal. Ik keek op en vroeg: 'Is mevrouw Lund binnen, Bo?'

Hij keek op zijn horloge.

'Nog niet. Ik ben vast vooruitgelopen, zodat Ditte haar slaapje kon doen.'

'En Tine dan?'

'Die komt ook zo.'

'Ik ook. Ik loop snel even naar huis om me om te kleden.'

Hij knikte weer, en ik stak het gazon tussen de kerk en de school over en vervolgens de weg tussen de school en onze buurt. Toen ik om het achterste blok heen liep, botste ik bijna tegen de kapster aan, die met een oude vrouw aan de arm liep. Ze waren allebei in het zwart en zagen bleek. Ik bleef staan, legde een hand op de arm van de kapster en zei: 'Ik vind het heel erg wat er met Martin is gebeurd.'

'Dank je,' zei ze en ze legde een zachte hand boven op de mijne.

'Heb je last van je keel, meisje?' vroeg de oude vrouw en legde haar hand op mijn arm, nu voelden we ons bijna met elkaar verbonden.

'Hij wordt na Ove Lund begraven,' zei de kapster. 'We zijn al even in de kerk geweest.'

'Daar staat een jongeman met de gebreide trui van Martin aan en ook zijn ijsmuts op. Is dat niet merkwaardig?' vroeg de oude vrouw.

De kapster knikte onder haar zwarte hoofddoek: 'Mijn moeder onthoudt alles wat ze heeft gebreid.'

We knikten alle drie, en daarna lieten we elkaar los. Ik liep langs het achterste blok en om het onze heen. Er stond een kleine vrachtwagen met zeildoek voor de opgang van nummer 42. Tim en Lauge en een dik meisje met een paardenstaart waren samen bezig een antieke kast uit de auto te laden. Lauge stopte midden in een poging om te tillen en zei: 'Hoi. Nu heb je bijna een nieuwe buurvrouw.'

'Dat ben ik. Ik heet Birgitte,' zei Bjarkes halfzus en ze knikte met haar hoofd, waardoor haar paardenstaart heen en weer slingerde. Ik stak als groet twee vingers omhoog, ik had geen zin om mijn stem nog te gebruiken. Ze glimlachten alle drie en richtten vervolgens hun aandacht weer op de kast.

De deur naar onze woning was niet op slot. Ik stond met Tines boodschappentas in de hand en keek naar binnen.

De schommelstoel stond weer rechtop in de kamer. Ik liep naar binnen en ging met de tas op schoot zitten. Ik had nog steeds Tines roze laarzen aan. Ik schommelde heen en weer. Ik keek voortdurend naar de laarzen. Ik schommelde en schommelde. Hoe meer ik schommelde, hoe meer ik niet langer mezelf was.

Ik was Tine.

Ik was moeder.

Dat klopt ook wel. Er waren geen anderen.